Claudia Lotz

Jill und die Welpenmafia

Bibliografische Information der Deutschen Nationalbibliothek: Die Deutsche Nationalbibliothek verzeichnet diese
Publikation in der Deutschen Nationalbibliografie; detaillierte bibliografische Daten sind im Internet über
http://dnb.dnb.de abrufbar.

Lektorat und Korrektorat: Claudia Lotz
Covergestaltung und Illustration: Ronja Sievers
Textgestaltung: Jens Bachmann

Herstellung und Verlag:
BoD – Books on Demand, Norderstedt

ISBN: 978-3-7557-1601-3

Inhalt

Gefangen

Nun fängt es auch noch an zu regnen. Jill hält ihre Hand schützend über die beiden Hundebabys. Angestrengt starrt sie in die Dunkelheit, war da nicht gerade ein Geräusch? Sie spürt kaum noch ihre Beine, seit Ewigkeiten, so scheint es ihr, versteckt sie sich schon in dem fremden Garten. Wind kommt auf und fährt in ihre langen, dunklen Haare. Sie duckt sich noch tiefer ins Gebüsch, atmet den herben Geruch der Erde. Plötzlich hört Jill, wie die Haustür aufgeht.

„Wenn ihr mir nächsten Donnerstag Ware bringt", sagt eine Frau zornig, „dann hat sie bessere Qualität als dieses Mal. Sonst ist unser Geschäft beendet." Sie bleibt in der Tür des alten Hauses stehen und schaut den beiden Männern nach, wie sie auf ihr Auto zugehen.

„Ist das klar?", ruft sie ihnen hinterher, und Jill kann aus ihrem Versteck hören, wie einer der Männer sagt: „Diese Alte. Zieht aus allem ihren Vorteil. Was können wir dafür, wenn die Hunde unterwegs schlapp machen?"

„Wo sind denn überhaupt die Welpen, hattest du sie nicht dorthin gelegt?", fragt der andere Mann und zeigt auf die große Mülltonne an der Hauswand. Verwundert schauen sich die Männer um.

„Genau neben die Tonne habe ich die Hunde gelegt", antwortet der erste Mann. „Die waren doch beide schon so schwach, die werden doch nicht noch abgehauen sein?"

Jills Herz beginnt zu klopfen, so laut, dass sie fürchtet, man könne es bis ans hintere Ende des Gartens hören. „Sie dürfen nicht nach euch suchen. Wenn sie anfangen zu suchen, dann finden sie uns bestimmt", flüstert Jill erschrocken den

Hundebabys zu. Die Zwölfjährige hat Angst, entsetzliche Angst. Die barsche Stimme des einen Mannes schreckt sie auf.

„Ach, was solls. Die Welpen können nicht überleben. Selbst wenn sie noch einige Schritte gelaufen sind, findet die beiden niemand. Ist doch alles total verwildert hier. Und zu der alten Pohlenz kommt doch freiwillig keiner."

„Hast recht", antwortet der andere Mann, „außerdem ist der Zaun hoch und das Tor verschlossen. Los, hauen wir endlich ab, wir sollen Ware in Danzig übernehmen und dann runter nach München, neue Order vom Chef."

Unendliche Erleichterung überkommt Jill. Endlich kann sie ihr Versteck verlassen. Sobald der Wagen abfährt, wird sie aufstehen und sich vorsichtig durch das Tor schleichen. Leise erhebt sie sich und will gerade die Hundebabys in ihre Armbeuge legen, um gefahrlos mit ihnen laufen zu können, als wieder die Haustür geöffnet wird. Die alte Frau, die vorhin so böse den Männern hinterhergerufen hatte, steht im Lichtkegel. Sie zieht den Schlüsselbund aus dem Türschloss und geht vor sich hin schimpfend auf die Toreinfahrt zu.

„Dummköpfe! Wie können sie mir kranke Welpen mitbringen und auch noch glauben, dass ich nicht merke, in welchem schlechten Zustand die Tiere sind? Die kauft mir doch niemand ab, und ich bleibe dann auf den Hunden sitzen. Kann sie noch durchfüttern, ne, nicht mit mir." Sie gibt dem Tor einen Schubs, bis es laut einrastet und schließt zwei Mal ab.

Entsetzt wird Jill klar, dass sie auf dem unbekannten Grundstück eingesperrt ist. Sie schaut auf die Welpen in ihrem Arm. Der kleinere ist blond, der größere schwarz mit braunen Flecken an den Beinen, der Brust und im Gesicht.

Beide Hundebabys haben die Augen geschlossen und sind ganz still. Stimmt es, was die Männer gesagt haben, fragt sich Jill. Sind die Hunde krank, werden sie sterben?

„Ihr müsst durchhalten, wir schaffen das!", beschwört sie die Welpen. Doch wenn sie nur wüsste, wie! Der stabile Zaun hat Längsstreben, an denen sie keinen Halt zum Klettern findet und der einzige Zugang, das Tor, ist verriegelt. Und wie soll Jill überhaupt mit den Welpen im Arm klettern? Auch durch die eng stehenden Zaunstreben kann sie die Tiere nicht schieben und darunter durch geht ebenfalls nicht. Der Zaun selbst reicht bis dicht auf die Erde. Jill legt ihre Wange an den Körper des goldblonden Welpen und spürt seinen Herzschlag. Auch beim dunklen Welpen kann sie ihn fühlen.

Schritte! Da sind Schritte auf der anderen Zaunseite! Jills Atem stockt, die Männer sind zurück! Suchen sie jetzt doch nach den beiden verschwundenen Welpen? Sie hält den Atem an, duckt sich bis tief auf die Erde.

„Jill", flüstert es. Ihr Bruder Lucas, kann das wirklich sein? „Lucas?", fragt sie mit zittriger Stimme.

„Ich habe deine Whatsapp bekommen", antwortet Lucas leise. „Hast du ein Glück, dass ich dich trotz deiner ungenauen Wegbeschreibung gefunden habe. Von der Rostocker Straße sollte ich links in den Teerofenweg und solange geradeaus, bis der Weg eine Rechtskurve macht. Und der Kurve nicht folgen, sondern stattdessen den kleinen Weg links reinfahren und dann würde man auf die Lichtung mit dem Haus hier im Wald stoßen. Ich habe noch mal versucht, dich anzurufen, aber dein Handy war aus."

„Ja, wegen der Männer. Damit sie mich nicht hören."

Lucas durchsucht seine Jackentaschen: „Na super! Ich habe mein Handy zu Hause gelassen!" Er stöhnt. „Welche Männer? Komm bloß raus aus dem Garten, bevor dich jemand sieht!"

„Ich kann nicht. Das Tor ist verschlossen, und über den Zaun schaffe ich es nicht, du musst mir helfen!"

„Aber warum hast du dich überhaupt auf das Grundstück geschlichen? Bist du völlig verrückt geworden? Dich kann man echt keine Minute alleine lassen", sagt Lucas genervt.

„Das war so", rechtfertigt sich Jill. „Ich habe von da hinten", sie zeigt auf den Wald, wo noch ihr Fahrrad liegt, „gesehen, wie zwei Männer Welpen aus ihrem Auto ins Haus getragen haben. Richtig viele Tiere, mindestens 50 oder so, haben sie aus dem Kofferraum herausgeholt. Zwei Welpen waren ganz schwach. Die Männer haben die beiden Hundebabys ans Haus direkt neben die Mülltonne gelegt. Sie sagten, sie würden sowieso bald sterben. Das konnte ich nicht zulassen, ich musste sie doch retten! Als die Männer gerade mit den anderen Welpen im Haus waren, bin ich in den Garten gerannt. Ich habe die Hunde ganz schnell aufgehoben, aber da kamen die Männer schon wieder aus dem Haus und blieben oben auf der Treppe stehen. Sie konnten mich an der Hauswand durch das dichte Gebüsch nicht sehen, aber ich hätte zum Tor an ihnen vorbei gemusst...".

Jill verstummt und durchlebt noch einmal den Schreck, der sie durchfuhr, als sie die beiden Männer in unmittelbarer Nähe reden hörte.

„Was geht denn da ab? Was wollen die Leute denn mit den vielen Welpen?", fragt Lucas verwundert. „Ich suche jetzt den Zaun ab, ob es eine Lücke gibt oder einen Holzstoß, auf den du klettern könntest und von da über den Zaun. Hast du denn die Welpen bei dir? Leben sie noch?"

„Ja, sie atmen noch, und ich spüre, wie ihr Herz klopft", antwortet Jill leise und schon läuft ihr großer Bruder los.

Der sportliche Vierzehnjährige bewegt sich zügig, aber vorsichtig, passt auf, dass er keine Geräusche macht. Immer wieder schaut er auf das düstere Haus. Das gesamte Obergeschoss ist dunkel, und auch im Erdgeschoss leuchtet es nur trübe hinter einem vergitterten Fenster.

Lucas duckt sich beim Gehen, er weiß, dass ihm jedes dunkle Fenster zur Gefahr werden kann. Wenn von oben jemand aus den dunklen Räumen in die abendliche Dunkelheit schauen würde, wäre er sofort zu erkennen. Aber es bleibt alles ruhig, kein Fenster öffnet sich, um ihm ein „HALT! STEHEN BLEIBEN!", hinterher zu rufen.

Riskante Flucht

An die Rückseite des Hauses grenzt ein kleiner Holzschuppen. Vom Waldweg nicht einsehbar, von der Zaunseite durch wuchernde Sträucher verdeckt, hätte Lucas den Verschlag kaum wahrgenommen, wenn ihn nicht ein leises Geräusch irritiert hätte. Ein fernes Winseln dringt an sein Ohr, er schauert zusammen. Sind das die Welpen, von denen Jill vorhin sprach? Wieso sind sie mit dem Wagen hierher gebracht worden und warum so viele? Dürfen sich einzelne Menschen gleich 50 Welpen liefern lassen? Und woher bekommt man so viele Welpen?

Lucas kennt sich mit Hunden überhaupt nicht aus, wenn jemand Bescheid weiß, dann Jill. Schließlich bearbeitet sie ihre Eltern schon seit Jahren mit ihrem Wunsch nach einem eigenen Hund. Seine kleine Schwester ist dabei so hartnäckig, dass er, wäre er der Vater, schon längst weich geworden wäre. Zu jedem Fest, Weihnachten, Ostern oder Geburtstag, schreibt Jill nur einen Wunsch auf ihren Wunschzettel. „Ich möchte UNBEDINGT einen Hund haben! Ich tue alles für ihn und werde ihn immer lieb haben!"

Und Mama wiederholt dann, was Jill nicht mehr hören kann. Ein Hund gehört nicht in die Wohnung, ein Hund braucht einen Garten und vor allem eine Familie, die mehr Zeit hat.

„Du weißt, dass wir beide unseren Job haben, Papa und ich", sagt sie dann zu Jill. „Ich würde mich noch erweichen lassen, wenn wir ein Haus am Rand von Potsdam finden würden, das bezahlbar ist und so nah an der Stadt liegt, dass ihr mit dem Fahrrad in die Schule fahren könntet. Dann kann der

Hund im Garten sein, bis ich aus der Uni komme oder einer von euch aus der Schule."

Während Lucas diese Gedanken durch den Kopf gehen, ist er inzwischen einmal ganz um das verwilderte Grundstück herumgelaufen. Nichts hat er gesehen, was Jill das Klettern über den Zaun ermöglichen könnte. Verdammt, dann muss er auf seinem Fahrrad durch den inzwischen stockfinsteren Wald nach Hause rasen und mit Oma und Opa wiederkommen – und Jill alleine in der Dunkelheit zurücklassen. Die Ärmste, denkt Lucas, hoffentlich macht sie das mit. Ob seine Großeltern überhaupt schon aus Rostock zurückgekommen sind?

„Jill, nichts, es gibt keine Chance von deiner Seite über den Zaun zu kommen", sagt er verzweifelt. „Kannst du noch aushalten? Ich muss Oma und Opa holen, wir kommen mit dem Auto wieder und bringen eine Leiter und eine Taschenlampe mit. Außerdem einen Korb für die Hunde."

„Nein", wimmert Jill, „lass mich nicht alleine. Fahr nicht weg, bitte, bitte."

„Pst, nicht so laut, sonst hört dich noch jemand", beschwichtigt Lucas seine Schwester. Er fühlt sich überfordert mit der Situation. Wie soll er ihr helfen, wenn er keine Hilfe holen darf? Warum hat er bloß sein Handy vergessen? Noch nie in seinem Leben hat er das Handy dringender gebraucht als jetzt. Da fällt sein Blick auf die Mülltonne. Es ist eine der großen stabilen Tonnen auf Rädern. Lucas sieht sofort, dass seine Schwester die Mülltonne alleine nicht vom Fleck bewegen kann.

„Pass auf", sagt er leise, „ich komm rüber zu dir."

Er lehnt sein Fahrrad schräg an den Metallzaun, setzt einen Fuß auf den Gepäckträger, zieht sich an den Zaunstäben hoch und springt aus fast zwei Meter Höhe.

Lucas geht in die Knie und rollt sich gekonnt über die Seite ab, um die Härte des Aufpralls abzufedern. Er winkt seiner Schwester ihr Versteck zu verlassen.

„Leg die beiden Welpen in deine Jacke und bring sie dort zum Zaun", raunt Lucas ihr zu, als er sie kurz beruhigend in die Arme nimmt. „Dann komm zurück und hilf mir mit der Mülltonne."

Die Tonne ist schwer, lässt sich trotz des ausgetrockneten Bodens, an dem der kurze Regenschauer von vorhin fast spurlos vorbei gegangen ist, gut bewegen. Gemeinsam gelingt es ihnen, die Mülltonne ohne Lärm bis an den Zaun zu schieben. An dieser Seite des Hauses sind keine Fenster; sie müssen also nicht befürchten, gesehen zu werden.

Er hebt seine zierliche Schwester auf die Mülltonne und schiebt ihr die beiden Hundebabys, die reglos in Jills ausgezogener Kapuzenjacke liegen, zwischen die Füße.

„Halt dich am Zaun fest und beweg dich nicht, damit du die Hunde nicht trittst", warnt Lucas und zieht sich nach einem kräftigen Absprung an der schmalen Seite der Tonne hoch. Wäre sie leer gewesen, hätte der Plan nicht funktioniert, geht es ihm durch den Kopf. Dann wäre sie bei jedem seiner Versuche, sich hochzuziehen, seitwärts gerollt.

„Ich muss versuchen, beim Klettern über den Zaun mit dem rechten Fuß so auf dem Sattel aufzukommen, dass das Fahrrad nicht kippt", erklärt Lucas. „Dann gibst du mir die Welpen in deiner Jacke wie in einem Beutel. Leg sie in die Mitte der Jacke und fasse die Ränder so zusammen, dass sie nicht herausfallen, ja genau so."

Doch es kann nicht funktionieren, das wird Lucas in dem Moment klar, als er mit dem rechten Bein auf dem Sattel und mit dem linken schon auf dem Gepäckträger steht. Um das Rad nicht durch sein Gewicht kippen zu lassen, muss er sich mit beiden Händen an den Zaunstreben festhalten. Wie soll er so mit den Welpen rückwärts vom Fahrrad springen, ohne sich oder die Hunde zu verletzen?

„Jill, gib erst einen Welpen zu mir rüber", ruft Lucas mit gedämpfter Stimme. Er hat eine Idee: Die Ärmel seiner Funktionsjacke sind sehr weit geschnitten, das Bündchen am Handgelenk ist aber ganz eng. Behutsam nimmt er das kleine Hundchen und lässt es mit dem Hinterteil zuerst in den rechten Ärmel gleiten. Er spürt, wie der Welpe am Handgelenk durch das enge Bündchen aufgehalten wird.

Jetzt lässt er sich an der Längsverstrebung des Zauns herab gleiten. Seine linke Hand wird durch die Reibung im Nu heiß und beginnt zu brennen, doch schon hat er den Boden erreicht. Schnell holt er den Welpen aus dem Ärmel und hält seine Hand vor die kleine Nase. Als warmer Atem an seine Hand dringt, ist er erleichtert. Er trägt den Kleinen ein wenig vom Zaun weg und holt auf demselben Weg den zweiten Hund.

Seine Schwester schafft es oben vom Zaun nicht auf den Fahrradsattel. Er sieht sofort, dass ihre Beine nicht lang genug sind.

„Du musst springen. Los, beeil dich, wenn jetzt jemand aus dem Haus kommt, sieht der gleich, dass wir über den Zaun abhauen, spring jetzt!"

Und Jill macht die Augen zu und springt. Sie stöhnt auf.

„Alles in Ordnung?", fragt Lucas besorgt und hilft ihr beim Aufstehen. Schnell schauen die Geschwister nach den Hundebabys, die Lucas vorhin auf eine, mit weichem Moos bewachsene Stelle gelegt hatte.

„Wie transportieren wir die Hunde auf dem Fahrrad?", überlegt Lucas laut. „Hast du deinen Fahrradkorb hinten drauf?"

„Ja", antwortet Jill, „ich war doch noch beim Reiten und hatte Brot für die Pferde dabei."

„Die Welpen können auf keinen Fall im Korb auf dem Gepäckträger mitfahren", sagt Lucas gerade. „Sie würden bei jeder Unebenheit einen Stoß kriegen, das geht gar nicht."

Lucas balanciert jetzt schon. Er führt mit der einen Hand sein Rad über den holprigen Waldweg und mit der anderen hält er den hellblonden Hund dicht an seiner Brust.

Im dunklen Wald

Inzwischen sind die Geschwister bei Jills Fahrrad angekommen. Vorhin hat sie es eilig hier abgestellt, die markierte Buche mit dem weißen Ring hat sie sich gemerkt. Ein weißer oder grüner Ring oder Punkt bedeuten, dass der Baum gesund oder besonders gerade gewachsen ist und auf keinen Fall gefällt werden darf, hatte Opa ihr einmal erklärt. Ein senkrechter roter Strich dagegen heißt, dass er gefällt werden muss.

„Kannst du den Korb mit einer Hand halten, während du fährst?", fragt Lucas. „Mit dem Mountainbike geht das schlecht oder wir tauschen die Fahrräder, wenn dir das lieber ist."

Jill nickt, sie ist mit Omas altem Tourenrad unterwegs, bei dem nur noch ein Gang funktioniert. Im schwersten Gang über sandige Waldwege zu fahren und mit einem Arm einen Korb mit zwei Hundebabys zu transportieren, ist eher etwas für ihren durchtrainierten älteren Bruder.

Jill und Lucas tauschen die Fahrräder und polstern den Fahrradkorb so mit ihren Jacken aus, dass die Welpen einigermaßen geschützt liegen. Lucas steigt aufs Rad, und Jill gibt ihm, während er schon rollt, den Fahrradkorb in die Hand. „Fahr vor", ruft Lucas, „das Licht von Omas Rad geht nicht."

„Gut, ich bin schon unterwegs", antwortet Jill und tritt eilig in die Pedale. „Pass auf, hier zieht sich eine ganz dicke Wurzel über den Weg", ruft sie ihm zu und hofft, dass die Hundebabys den Transport überstehen. Ob die beiden wirklich so krank sind, wie die Männer gesagt haben? Werden sie sterben? Oh nein, bitte, nur das nicht, fleht Jill in Gedanken und wird immer schneller auf Lucas Mountainbike.

„Da vorne geht der Teerofenweg schon in die Landstraße über", kündigt sie ihrem Bruder an, den sie ab und zu hinter sich fluchen hört. Der Küstenwald, durch den sie gerade fahren, ist eines der letzten großen zusammenhängenden Waldgebiete in Deutschland. Die Rostocker Heide, wie die 6000 Hektar große Fläche bezeichnet wird, besteht aus Laub- und Nadelwäldern, Mooren und Wiesen sowie aus einem weit verzweigten Netz aus Gräben und Bächen. Weite Teile des Küstenwaldes sind Landschaftsschutzgebiet.

Auf der asphaltierten Rostocker Straße fährt es sich für Lucas besser, der Fahrradkorb hängt nun ohne zu schaukeln an seinem Arm. „Ein wenig sind sie schon durchgeschüttelt worden, deine kleinen Hunde", sagt er besorgt zu Jill. „Ein paar Wurzeln und Kuhlen im Boden habe ich zu spät gesehen. Hoffentlich hat es ihnen nicht geschadet."

Doch da fällt ihm ein, dass die Welpen gar nicht gesund sein sollen. Die Männer hatten die Hunde ja wohl an die Mülltonne gelegt, weil sie glaubten, dass sie bald sterben würden. So hatte es Jill erzählt. Trotzdem leben die beiden aber noch. Jill und Lucas hatten genau gespürt, wie die kleinen Herzen der Hunde schlugen, als sie sie vorsichtig in den gepolsterten Korb legten. Er wirft einen Blick auf die Tiere. Sie liegen auf der Seite, die Pfötchen des blonden Welpen stoßen an den Rücken des schwarzen-braunen Hundebabys. Sind sie Geschwister? fragt sich Lucas, wie alt mögen sie sein? Sie wirken so hilflos, so zerbrechlich.

„Jill, was machen wir zuerst? Zu Oma und Opa oder gleich in diese Tierarztpraxis, wie heißt sie noch?", fragt Lucas.

„Berghoff", antwortet Jill. Sie erinnert sich deshalb so genau, weil Oma vor ein paar Tagen etwas über die Tierarztpraxis in Graal-Müritz erzählt hatte.

„Ein Glück, dass die Berghoffs ihre Tierarztpraxis jetzt im eigenen Haus in der Parkstraße 13 haben", hatte Oma am

Abendbrottisch gesagt. „Ihr kennt doch Rufus, den braunen Neufundländer vom ‚Fischerhus' am Funkturm? Der hatte plötzlich einen Kreislaufkollaps, fiel um, atmete ganz schwer und erbrach sich. Frau Dr. Berghoff tippte gleich auf Gift…"

„Das ist ja total gemein!", hatte Jill empört dazwischengerufen. „Wie kann jemand so fies sein und einen Hund vergiften? Der Rufus ist doch total lieb, alle mögen den."

„Nein, nein", sagte Oma da ganz schnell beschwichtigend, „niemand hat Rufus vergiftet. Er hat irgendetwas gefressen, was er nicht vertragen hat. Für Hunde können bestimmte Pflanzen giftig sein, einige Pilze oder auch Medikamente von Menschen. Wer kann schon wissen, was Rufus gefunden hat?"

„Am ‚Fischerhus' gehen ja viele Leute vorbei oder essen da", hatte sich Opa eingeschaltet, „vielleicht ist einem Gast etwas aus der Tasche gefallen, was Rufus gefressen haben könnte? Tabletten vielleicht? Manche Schmerzmittel, die Menschen helfen, können bei Hunden schwere Vergiftungen auslösen."

„Jedenfalls hat Karl, das ist der Besitzer vom ‚Fischerhus'", hatte sich Oma erklärend an Jill und Lucas gewendet, „seinen Hund sofort ins Auto getragen und gleich bei den Berghoffs angerufen. Beide sind ja Tierärzte und zum Glück war Frau Dr. Berghoff zu Hause."

Jill erinnert sich, dass Oma weiter erzählt hatte, dass der arme Rufus durch ein Medikament, das ihm gespritzt wurde, alles erbrechen musste, was in seinem Magen war und er dann noch etwas bekommen hatte, was Durchfall auslöste. Rufus war wieder ganz gesund geworden, Jill hatte ihn gesehen, wie er Tage später am Strand Wellenjagen spielte, während sein Besitzer im Meer schwamm.

„Wo ist denn nun diese Tierarztpraxis? Ich habe dich nun schon zum dritten Mal gefragt", sagt Lucas ungeduldig. „Jetzt

ist echt nicht die Zeit, um irgendwelchen Gedanken nachzu-
hängen."

„Parkstraße 13, das ist die Straße, die auf den Rhododend-
ronpark zugeht. Du weißt, nach dem Park kommt man ja direkt ans Wasser", antwortet Jill schnell.

„Na klar weiß ich, wo das ist. Dann sind wir ja zum Glück
gleich da", ruft Lucas erleichtert aus. „Wir biegen am besten
da hinten links in die Kurstraße und müssten danach gleich
in die Parkstraße kommen. Hoffentlich ist jemand da!"

Die Geschwister fahren immer schneller. Es müsste mindestens 22.00 Uhr sein, überlegt Lucas und fragt sich, ob seine
Großeltern immer noch in Rostock sind oder schon erschrocken festgestellt haben, dass sie beide nicht zu Hause sind.
Von der Tierarztpraxis Berghoff wird er gleich versuchen, sie
auf Omas Handy anzurufen.

Notbehandlung beim Tierarzt

Jill und Lucas biegen aus der Kurstraße in die Parkstraße und schauend suchend an die Gartenzäune und Häuserfronten. Eben sind sie an der Nummer 9 vorbeigefahren, da ist schon die 11 und endlich die Nummer 13.

„Nimm mir bitte den Korb mit den Welpen ab, bevor ich bremse", sagt Lucas. „Ich möchte nicht, dass sie sich zum Schluss noch wehtun."

„Schon klar", antwortet Jill, „hätte ich sowieso gemacht." Sie nimmt von ihrem Bruder den Fahrradkorb mit den Hundebabys entgegen. Die Welpen liegen noch immer auf der Seite, die Augen geschlossen. Schlafen sie? Träumen sie?

„Komm schnell", ruft Jill, die schon zur Haustür vorgelaufen ist und geklingelt hat. Sie hört laute Schritte, die Tür wird geöffnet. Ein Mann in geflickten Jeans, offenem Hemd und blauen Clogs steht vor ihr. Er ist ungefähr so alt wie ihr Papa, Anfang 40, und sieht sympathisch aus.

„Hallo ihr zwei, so spät noch?", fragt er verwundert. „Wie kann ich euch helfen?"

„Wir haben hier zwei kleine Welpen, die sehr krank sein sollen", sagt Lucas und stellt sich und seine Schwester mit Namen vor.

„Gallinat heißt ihr?", fragt Dr. Berghoff. „Dann ist eure Großmutter die Malerin aus Graal-Müritz?" Dann unterbricht er sich: „Krank, sagst du? Was haben die Hunde für Symptome? Durchfall, Erbrechen, Fieber? Wie lange schon?"

Der Tierarzt nimmt den Fahrradkorb entgegen und schaut auf die ruhig daliegenden Welpen. „Ach du meine Güte, das sind ja noch richtige Babys. Wo ist denn ihre Mutter?" Während Dr. Berghoff in die Praxisräume vorgeht, hört er Jill und Lucas zu, die auf die Schnelle berichten, was sich die letzten Stunden ereignet hat.

„Das ist ja unglaublich", sagt der Tierarzt. „So wie ihr das schildert, bekommt diese Frau Pohlenz, von der ich hier im Ort noch nie gehört habe, Welpen in großer Anzahl. Sie wird sie verkaufen, was will sie sonst mit den vielen Hunden? Hast du vielleicht gesehen", wendet sich Dr. Berghoff an Jill, „welches Kennzeichen das Auto der beiden Männer hatte? War es ein deutsches Kennzeichen?"

„Nein, es war ein polnisches", antwortet Jill prompt. Sie hatten vor einigen Wochen eine Klassenarbeit in Erdkunde geschrieben und ein Thema waren die Mitgliedsstaaten der Europäischen Union. „Ich habe genau die Buchstaben P und L gesehen. Bei uns steht da das D und darüber sind die gelben EU-Sterne."

„Großartig, dass du das so genau beobachtet hast", sagt der Tierarzt anerkennend. „Dann wurde also Frau Pohlenz mit Welpen beliefert, die wahrscheinlich in Polen gezüchtet wurden. Ich erkläre euch später, warum ich annehme, dass sie und die Männer von Graal-Müritz aus mit Welpen handeln könnten. Das wäre möglicherweise ein Fall für die Polizei. Jetzt will ich mir aber erst eure Hundebabys anschauen."

Dr. Berghoff öffnet eine Tür, auf der BEHANDLUNG steht. Der Raum ist weiß und riecht so, wie Jill es von ihrem Kinderarzt kennt. Von der Decke hängt eine große Leuchte über einem höhenverstellbaren Behandlungstisch. Jill staunt über die vielen Medikamente in den Wandschränken und hofft, dass sie helfen, jedes kranke Tier wieder gesund werden zu lassen.

Der Tierarzt holt die kleinen Patienten aus dem Korb und legt sie auf den Tisch.

„Stellt euch mal dazu, dann könnt ihr sehen, was ich mache", winkt er Jill und Lucas zu sich heran. „Die beiden sind viel zu jung, um ohne Mutter transportiert werden zu können.

Sie sind allerhöchstens fünf Wochen alt und abgemagert. Ihr Bauch scheint mir auch ziemlich aufgebläht zu sein", sagt Dr. Berghoff stirnrunzelnd.

„Passt bitte auf, dass der dunkle Welpe ruhig liegt und nicht vom Tisch fällt. Ich fange mit dem hellen Hundchen an. Aha, ein kleines Mädchen", stellt er fest. Die Geschwister beobachten, wie krampfhaft die kleine Blonde im gleißend hellen Licht der großen Lampe ihre Augen geschlossen hält. Die Wimpern wirken nass und verklebt. „Sieht mir nach Bindehautentzündung aus", sagt der Tierarzt, nachdem er vorsichtig die Lidränder auseinander geschoben hat. Er holt ein kleines Fläschchen aus dem Wandschrank und gibt einige Tropfen von der Flüssigkeit in jedes Auge.

Dann schaut er sich die Schleimhäute an. „Blass, trocken", murmelt er vor sich hin. „Unser kleines Mädchen hat schon lange Zeit nichts mehr zu trinken bekommen", erklärt er Jill und Lucas, „die Schleimhäute sind ganz trocken. Ich mache jetzt noch den Hautfaltentest. Dazu nehme ich eine Hautfalte hier am Rücken zwischen die Finger und ziehe sie ein wenig hoch. Seht ihr? Die Falte bleibt stehen, das ist ein Zeichen für einen Wassermangel. Übrigens macht man diesen Test auch bei Menschen. Auch sie können dehydrieren, so nennt man das, wenn der Körper austrocknet, weil ihm zu wenig Flüssigkeit zugeführt wurde."

Danach hört der Tierarzt das Herz ab und tastet den sichtbar geblähten Bauch.

„Der Bauch ist ja kugelrund", sagt Jill und fängt vor Schreck an zu flüstern. „Ist das sehr schlimm, stirbt sie daran?"

Lucas und Dr. Berghoff tauschen einen Blick. Beide denken dasselbe: Gleich ist es mit Jills Fassung vorbei.

„Ich gehe mal schnell Oma und Opa anrufen. Darf ich das Telefon benutzen, das in der Diele steht?", fragt Lucas dazwischen.

„Natürlich", antwortet der Tierarzt und zu Jill sagt er: „Nein, wir behandeln die Kleine ja gleich. Fast jeder neugeborene Hund hat Würmer. Deshalb geben verantwortungsvolle Züchter ihren Welpen ungefähr ab dem 10. Lebenstag Entwurmungsmittel, um die Würmer im Körper abzutöten. Die Entwurmung wird bis zur zwölften Woche fortgesetzt und auch später bei erwachsenen Hunden in regelmäßigen Abständen durchgeführt. Unsere Kleine wurde nicht entwurmt und hat deswegen diesen Bauch. Wurmbauch, sagen wir Tierärzte dazu."

„Der Po ist auch ein wenig mit altem Kot verklebt", fährt er mit seiner Untersuchung fort. „Verwurmte Hunde leiden immer an Durchfall, aber diese beiden Welpen haben scheinbar so lange nichts mehr gefressen und getrunken, dass einfach nichts mehr kommen konnte."

Grimmig schüttelt er den Kopf. „Verstehe ich nicht, warum die Politik dem Welpenhandel keinen Riegel vorschiebt. Ist doch ganz offensichtlich Tierquälerei, was solche Menschen mit den Hunden machen!"

Welpenhandel in Graal-Müritz?

„Was machen denn Welpenhändler?", fragt Lucas, der inzwischen von seinem Telefonat mit den Großeltern zurückgekehrt ist.

„Erkläre ich euch gleich. Erst einmal will ich die Behandlung der beiden Welpen abschließen", antwortet der Tierarzt. Gegen die Flöhe, die er im Fell der kleinen Blonden entdeckt hat, pudert er sie mit einem Mittel gegen Parasiten. Dann rasiert er eine kleine Stelle an ihrem rechten Vorderpfötchen frei, das er kurzfristig abgebunden hatte. Dr. Berghoff klopft mit dem Zeigefinger auf ihr Pfötchen und sticht mit einer hauchdünnen Kanüle in die Vene. Aus einer durchsichtigen Plastikflasche, die er an einem Ständer verkehrt herum aufgehängt hat, tropft nun langsam Flüssigkeit heraus. Über einen Schlauch geht die Nährlösung direkt ins Blut.

„Die Infusion wird ihr gut tun", erklärt Dr. Berghoff. „Um die Entwurmung kümmern wir uns später. Die Welpen müssen ohnehin die nächsten Tage bei mir in der Praxis bleiben." Nun ist der schwarz-braune Welpe an der Reihe.

„Das hier ist ein kleiner Rüde", sagt er und streicht ihm sanft mit den Fingern über die Stirn. „Übrigens sind unsere beiden Welpen Hovawarte, großartige Hunde. Ein Jammer, dass sie solch einen schlechten Start ins Leben haben. Konntest du sehen", wendet er sich an Jill, „ob die Männer nur Hovawarte gebracht haben oder waren noch andere Rassen dabei?"

„Sie hatten ganz viele Hundebabys im Auto", antwortet Jill. „Ich habe ganz schnell in den Kofferraum geguckt, als die beiden Männer die ersten Hundekäfige ins Haus getragen haben."

„Sie haben die kleinen Welpen in Käfigen transportiert?",
fragt Lucas fassungslos.

„Ja, es waren flache Drahtkäfige, die nebeneinander und
übereinander im Kofferraum gestapelt waren. In jedem Käfig
waren mindestens vier Welpen, manchmal auch sechs oder
sieben. Die Hunde sahen ganz nass aus, haben gewinselt und
manche auch ziemlich übel gerochen."

„Und die Rassen?", hakt Dr. Berghoff nach.

„Also gesehen habe ich auf jeden Fall Berner Sennenhund-
babys, Golden Retriever, Labradore, Malteser und französische Bulldoggen", zählt Jill auf. „Dass diese beiden Hovawarte sind, wusste ich aber nicht."

„Trotzdem allerhand, wie du dich mit den Hunderassen
auskennst", staunt der Tierarzt. „Kommt ihr aus einer Tier-
arztfamilie oder habt ihr zu Hause Hunde?"

Da schaut die Zwölfjährige ihn mit so großen Augen an,
dass er als Vater zweier Töchter genau weiß, was in dem Mädchen nun vorgeht.

„Du wünschst dir einen Hund, aber deine Eltern sind dagegen?", tippt er vorsichtig an. Wieder wirft Lucas ihm einen
schnellen Blick zu, aber dieses Mal ist es zu spät.

Seiner jüngeren Schwester kullern schon die Tränen über
die Wangen. „Was, wenn Mama und Papa mir nicht erlauben,
die beiden Hunde zu behalten? Dabei habe ich sie doch gerettet."

„Erst einmal müssen die Welpen wieder ganz gesund werden", sagt Dr. Berghoff beschwichtigend. „Danach verspreche
ich dir, mit deinen Eltern zu reden, wenn du das möchtest. Ihr
müsstet ja nicht gleich beide Hunde aufnehmen, was meinst
du? Vielleicht würden wir auch einen behalten. Unser Sam ist
im Januar gestorben, wir trauern alle noch um ihn. Ich hätte
gerne wieder einen Hund, mir fehlt Sam jeden Tag. Ich muss
darüber mit meiner Frau und meinen Töchtern sprechen,
wenn sie übermorgen aus München zurückkommen. Da

wohnen meine Schwiegereltern", fügt er noch hinzu. Jill nickt und wischt sich die Tränen ab.

„Du warst ungeheuer mutig heute", sagt er – gezielt das Thema wechselnd – zu Jill, „und auch du, Lucas, hast großartig reagiert. Lasst uns jetzt gemeinsam überlegen, wie wir diesen Welpenhändlern das Handwerk legen können. Dazu musst du", er schaut Jill an, „mir genau erzählen, wie du überhaupt darauf gekommen bist, dass Frau Pohlenz Welpen aufkauft."

„Möchte ich auch gern wissen", wirft Lucas ein. „Ich weiß nämlich wieder mal von nichts."

„Ich wusste das doch auch nicht", versichert Jill. „Als ich vom Reiterhof nach Hause fuhr, musste ich an einer Ampel warten. Neben mir hielt ein Auto, und ich habe im Kofferraum ganz viele Hunde in Käfigen gesehen. Weil der Wagen wegen eines Treckers nur langsam fahren konnte, bin ich einfach hinterhergefahren."

Lucas schüttelt den Kopf. „Wahnsinn, du konntest doch gar nicht wissen, was das für Männer waren. Was, wenn es Kriminelle sind? Glaubst du, dass die sich von dir ihr Geschäft hätten kaputtmachen lassen wollen, wenn sie dich entdeckt hätten?" Bei dem Gedanken schauert er zusammen.

Inzwischen ist die Infusionslösung bei beiden Welpen durchgelaufen. Der Tierarzt hat die Hundebabys gemeinsam in eine große Box gesetzt, die mit Decken weich ausgepolstert ist. Er löscht das große Licht und lässt nur eine kleine, matte Lampe an einem Schreibtisch brennen, der in einer Ecke des Behandlungsraumes steht.

„Wollt ihr einen Kakao, Apfelsaft oder lieber Tee?", fragt Dr. Berghoff, der mit Jill und Lucas eben in die Küche gegangen ist. „Habt ihr Hunger? Ihr habt doch bestimmt noch nichts gegessen? Soll ich Eier mit Schinken braten und dazu gibt es Tomaten und Gurken aus unserem Garten?"

Als die Geschwister zustimmen, deckt der Tierarzt den Tisch und fordert Jill auf, zu erzählen, was die letzten Tage passiert ist.

Schulschluss –
und so begann das Abenteuer

War es wirklich erst vier Tage her, dass sich Jill von ihren beiden Freundinnen Maxi und Jenny am Humboldt-Gymnasium in Potsdam verabschiedet hatte? Es war der letzte Schultag, die Sommerferien standen vor der Tür. Die Freundinnen hatten verabredet, sich jeden Tag eine Whatsapp zu schicken, trotzdem waren die drei traurig, dass sie sich sechs Wochen nicht sehen würden.

Jill war dann mit ihrem Fahrrad in die Hebbelstraße gefahren. Hier wohnte die zwölfjährige Jill mit ihren Eltern, Sandra und Matthias Gallinat, und ihrem zwei Jahre älteren Bruder Lucas. Doch als Jill in die Straße mit den prächtigen Altbauten einbog, sah nichts nach Reisevorbereitungen aus. Sie hatte erwartet, dass ihr Vater oder Lucas bereits das Gepäck in den Wagen luden, schließlich sollte es am nächsten Tag um vier Uhr früh losgehen. Jill brachte ihr Fahrrad in den Keller und stürmte die Treppen in die dritte Etage hinauf.

„Wir bleiben hier, Papa hat den Urlaub platzen lassen", rief ihr Lucas aus seinem Zimmer zu und Jill konnte an seiner Stimme hören, wie maßlos enttäuscht ihr älterer Bruder war. „Was soll ich die ganzen Ferien in Potsdam machen? Alle meine Freunde sind im Fußballcamp in Schweden und ich hänge hier ab." Lucas stöhnte.

„Es tut mir so leid", sagte Jills Mutter bedrückt. „Ich weiß, wie sehr ihr euch auf die Frankreichreise gefreut habt. Wir doch auch. Aber Papa braucht diesen Auftrag dringend. Ihr wisst, dass er sich erst vor kurzem mit seinem Architekturbüro selbständig gemacht hat. Er kann sich unmöglich einen Auftrag dieser Größe entgehen lassen."

„Was ist das denn für ein Auftrag?", fragte Jill, um sich abzulenken. Sie hatte sich riesig auf die Reise gefreut, die sie alle zusammen im Auto durch Frankreich bis an die Cote d' Azur geführt hätte. Von ihrem Ferienhaus hätten sie das Meer sehen können, außerdem gab es in der Nähe einen Reitstall mit den für die Region typischen Carmargue Pferden. Hier hatte Mama sich und Jill vier Wochen lang für Reitunterricht angemeldet. Sie ließ sich auf einen Küchenstuhl fallen und barg verzweifelt den Kopf in den Armen. „Ist das schade", stieß sie hervor.

„Papa soll eine Villa in der Bertinistraße umbauen", antwortete ihre Mutter. „Ihr wisst, wo das ist. Die Straße mit dem schönen Blick über den Jungfernsee."

Jill antwortete nicht. Sechs lange Wochen lagen vor ihr. Maxi und Jenny waren im Urlaub, und selbst der Potsdamer Reitverein machte während der Schulferien zu. Die Pferde waren auf der Sommerweide und konnten sich nun fast zwei Monate vom Reitschulbetrieb erholen.

„Hört mal, ihr beiden. Papa und ich haben uns die Ferien auch nicht so vorgestellt. Ich wäre übrigens auch gerne nach Südfrankreich gefahren, es trifft also nicht nur euch", sagte Sandra Gallinat gerade. „Fahrt doch zu Oma und Opa nach Graal-Müritz. Ich verstehe sehr gut, dass ihr euch ohne eure Freunde in Potsdam langweilt. Aber an der Ostsee seid ihr doch so gerne. Lucas, vielleicht kannst du sogar noch deinen Segelschein machen?"

Jills Bruder war am 28. Juni 14 Jahre alt geworden und hatte damit das Mindestalter, um einen Segelschein erwerben zu können. Der Gedanke schien Lucas ganz gut zu gefallen, er lächelte jedenfalls. „Das wäre natürlich stark. Soll ich gleich Oma anrufen und fragen, wann wir kommen können?"

Während Lucas mit seiner Oma, der Mutter seines Vaters telefonierte, nahm Jills Mutter ihre Tochter in die Arme. „Wir holen den Urlaub bestimmt nach. Ihr wollt doch auch, dass Papas Büro läuft. Die Konkurrenz ist groß genug."

Jill nickte. Sie fühlte sich bei ihren Großeltern unheimlich wohl und dann kam noch etwas ganz Wichtiges dazu: Sie konnte Merlin wiedersehen – und, wenn sie Glück hatte, jeden Tag reiten!

Als hätte ihre Mutter geahnt, woran Jill gerade dachte, sagte sie: „Freust du dich schon auf „deinen" Haflinger? Hieß er nicht Merlin? Willst du Oma am Telefon gleich sagen, dass Julia dich die nächsten Wochen mit einplant?"

Julia Sander war die Besitzerin des Reitstalls, in dem Merlin stand und mit ihm noch 30 weitere Ponys und Pferde. Die 32-jährige Dressurreiterin Julia hatte mit ihrem Freund Marco Ressmann, einem Springreiter, vor fünf Jahren den Pferdehof in der Nähe von Graal-Müritz aufgebaut und bot Reitunterricht für alle Altersgruppen und Ferienkurse für Urlauber an.

„Gilt euer Abkommen denn auch in der Hochsaison?", fragte Frau Gallinat.

Ihre Schwiegermutter war Malerin und gab im Jahr zwei Kurse, in denen sie den Teilnehmern Maltechniken beibrachte. Julia, die ihr Kunststudium abgebrochen hatte, als sie das Gestüt ihrer Großeltern erbte und zum Reitbetrieb umbaute, war eine ihrer talentiertesten Schülerinnen. Um sie zu fördern, unterrichtete Jills Großmutter sie kostenlos. Im Gegenzug durfte Jill eines von Julias Ponys reiten, wann immer sie wollte.

„Ja, das hat sie Oma immer wieder gesagt. Ich muss ihr nur Bescheid geben, wann genau ich komme, damit sie Merlin für mich frei hält", antwortete Jill.

Am Abend war Familie Gallinat dann in ein Restaurant am Nauener Tor gegangen und hatte noch lange in der warmen Sommernacht gesessen.

„Wenn ihr so wunderschönes Wetter an der Küste habt, seid ihr wirklich zu beneiden", sagte Papa und witzelte: „Aber einer von uns muss ja das Geld verdienen, damit ihr es ausgeben könnt für Segelscheine, Reitzubehör und ähnlich nette Dinge."

Seine Frau lachte: „Männer! Ohne euch läuft nichts, oder? Dabei würdest du ohne mein Gehalt von deinem Architekturbüro nur träumen."

Sandra Gallinat arbeitete als Professorin an der Universität Potsdam am Institut für Germanistik. Sie unterrichtete neue deutsche Literatur des 19. und 20. Jahrhunderts.

„War nur Spaß", sagte Matthias Gallinat schnell und küsste seine Frau. Die in ihren Augen nicht wirklich vollzogene Gleichberechtigung von Frau und Mann am Arbeitsplatz war eines ihrer Lieblingsthemen. Er hatte keine Lust, dass sie sich jetzt darüber ereiferte.

„Ich bin sehr froh, dass ihr alle so verständnisvoll seid und hoffe, dass wir vielleicht Weihnachten oder spätestens Ostern unseren Urlaub nachholen können. Vielleicht Kenia, was würdet ihr zu einer Safari in Afrika sagen?", wechselte er gezielt das Thema.

„Ich gar nichts", antworte Lucas, „bevor wir nicht im Flieger sitzen."

Die anderen lachten, doch Lucas blieb ernst. Jill wusste, wie wichtig ihm die Reise nach Frankreich gewesen war. Er hätte in Paris Leonie wiedergesehen, in die er sich gleich verliebt hatte, als sie damals in seine Klasse kam. Doch nach zwei Schuljahren zog Leonies Familie nach Paris, weil ihr Vater als Botschafter dorthin versetzt worden war.

Lucas hatte von seinen Eltern die Erlaubnis bekommen, von ihrem Ferienort Bandol an der Cote d' Azur mit dem Zug nach Paris zu fahren, um Leonie für einige Tage zu besuchen. Am Gare de Lyon, an dem die französischen Züge SNCF aus dem Südosten des Landes ankommen, hätte ihn Leonie mit ihren Eltern abgeholt. So war der Plan.

Wann er sie nun wiedersehen würde, wusste er nicht. Die Enttäuschung nagte noch immer an ihm. Aber vielleicht könnte ihn Leonie bei seinen Großeltern in Graal-Müritz besuchen? Der Gedanke stimmte ihn etwas froher. Gleich zu Hause würde er sie über Whatsapp fragen, ob ihre Eltern einer Reise an die Ostseeküste zustimmen würden.

Der Seesternweg 7 an der Ostsee

Am nächsten Morgen fuhren sie zu dritt los. Mattias Gallinat war schon ganz früh in sein Büro gegangen und hatte seinen Kindern versprochen, sich an einem der kommenden Wochenenden frei zu machen und sie an der Ostsee zu besuchen.

Gegen Mittag passierte Familie Gallinat das Ortsschild Graal-Müritz und bog wenig später in den Seesternweg ein. In der Nummer 7 wohnten die Großeltern von Jill und Lucas.

„Wow", sagte Lucas beeindruckt, als sie auf das Haus zufuhren.

„Irre, es ist alles total bunt", rief Jill begeistert aus. Und in der Tat: Vor jedem Fenster hatten die Fensterläden eine andere Farbe: Mal rot, mal gelb, mal orange, dann wieder hellblau, blau und grün. Der Balkon vor Jills Dachzimmer nahm das warme Gelb des Küchenfensterladens wieder auf, und die orangefarbene Veranda sah aus, als wenn die Abendsonne das Holz gefärbt hätte.

„Omas und Opas Haus ist das schönste Haus auf der Welt", sagte Jill, und Lucas verdrehte die Augen. „Du weißt doch gar nicht, wie in anderen Ländern gebaut wird. Frag mal Papa, was es für Wahnsinnshäuser auf der ganzen Welt gibt. Das von Oma und Opa ist aus den 30er Jahren. Zwar oft renoviert, aber eben doch schon alt."

Jill war das völlig egal. Sie liebte dieses Haus, das sich immer wieder verwandeln konnte. „Unser Haus lebt und verändert sich wie wir auch", hatte Oma mal zu einer Touristin gesagt, die sich über das Haus gewundert hatte, das zu dem Zeitpunkt einen rosa Anstrich und Fensterläden in allen erdenklichen Rottönen hatte.

„Isst du noch mit uns oder musst du gleich zurück nach Potsdam?", fragte Ralph Gallinat seine Schwiegertochter, nachdem sich alle zur Begrüßung umarmt hatten. „Ich habe gerade frischen Fisch vom Hafen in Warnemünde geholt und würde ihn gleich grillen."

Doch erst einmal brachten Jill und Lucas ihr Gepäck ins Haus und bewunderten in Lucas Zimmer den roten Adler, der wie ein kleiner Talisman neben dem Kopfende des Bettes an der Wand prangte.

„Cool, das sind ja die Vereinsfarben der Potsdamer Kickers 94 mit dem roten Adler", sagte Lucas überrascht und schaute sich in dem blau-weiß gestrichenen Raum um.

„Woher weiß Oma das denn?" Lucas spielte mit seinen Freunden Ronny, Leo und Hendrik bei den Potsdamer Kickers.

„Na, bestimmt von Mama", antwortete Jill und beschloss, sich gleich nach dem Essen von Oma ihre neuen Bilder zeigen zu lassen. Im Auto hatte ihre Mutter erzählt, dass Omas Bilder gerade im Romantik Hotel ‚Namenlos' in Ahrenshoop ausgestellt wurden. Auch in Rostock zeigte die Thalia Buchhandlung Werke von Sophie Gallinat, die aktuell zu den bekanntesten Künstlern der Region zählte.

Wie immer, wenn sie bei ihren Großeltern zu Besuch war, schlief Jill unter dem Dach. Von ihrem Bett schaute sie über den kleinen eingebauten Holzbalkon direkt auf die See. Unter dem hochsommerlich blauen Himmel war das Meer heute tiefblau und wurde zum Horizont hin immer dunkler. In Ufernähe schimmerte es flaschengrün, während seine Wellen, fast schon farblos geworden, am Strand ausrollten. Ein Sturm dagegen ließ das Meer grauschwarz werden. Das hatte Jill im letzten Frühjahr erlebt. Die aufgepeitschten Wellen trugen weiße Schaumkronen vor sich her, die polternd am Strand in sich zusammenbrachen.

„Na, alles noch genauso, wie ihr es in Erinnerung hattet?",
fragte Oma und strich Jill dabei liebevoll über die Haare.

„Jedes Mal anders und jedes Mal von Neuem wieder
schön", warf Jills Mama ein und deutete auf die bunten Fensterläden. Sie goss gerade die Salatsauce aus Olivenöl, Wasser,
Zitrone und frischen Gartenkräutern über den Salat.

Während Jill und ihre Oma Avocadocreme mit gehackten
Zwiebeln und Meersalz zubereiteten, passten Lucas und sein
Großvater auf, dass die Fische und Kartoffeln auf dem Grill
nicht anbrannten.

„Meint ihr, ich könnte auch eine Nacht hierbleiben?",
fragte Sandra Gallinat. „Dann gehe ich nachher mit euch an
den Strand und fahre morgen ganz früh nach Potsdam zurück."

„Dann musst du aber jetzt sofort Papa Bescheid sagen. Er
denkt doch, dass du heute wiederkommst", sagte Jill besorgt.

„Du bist wie ein Hütehund, der seine Schafherde zusam-
menhalten muss", foppte Lucas seine jüngere Schwester.
„Papa hockt sowieso bis in die Nacht in seinem Büro."

„Lucas, was soll das?", mischte sich seine Mutter ein. „Jill
hat recht, natürlich muss Papa wissen, dass ich erst morgen
zurückfahren will. Selbst wenn er an seinem neuen Auftrag
arbeitet, interessiert er sich doch für uns."

„Bitte keinen Streit", sagte Opa. „Dazu bin ich zu alt." Alle
lachten.

Doch Jill stellte überrascht fest, dass ihr Bruder noch immer
dem geplatzten Frankreichurlaub hinterher zu trauern schien.
Seine Angriffslust war immer ein Zeichen, dass er sich mit einem Problem herumschlug.

„Leonie kann uns doch hier besuchen", flüsterte sie Lucas
in dem Bestreben zu, ihm etwas Tröstliches zu sagen.

Etwas verlegen, dass seine kleine Schwester seine Gedanken erraten hatte, antwortete er: „Daran habe ich auch schon
gedacht. Glaubst du, dass Oma und Opa das recht wäre?"

Jill nickte. „Bestimmt, was sollten sie denn dagegen haben? Sie kennen doch Leonie von deinem 13. Geburtstag."

„Guten Appetit zusammen", rief plötzlich jemand über den Gartenzaun. Jill blickte auf und sah eine junge Frau mit einem braunen Labradorwelpen an der Leine stehen. „Oh, wie süß, darf ich ihn mal streicheln?", fragte sie und war schon vom Tisch aufgesprungen.

„Besser nicht", sagte die Frau bedrückt, „der Kleine ist leider krank. Er will auch gar nicht laufen, und ich bin nur ganz langsam mit ihm ein paar Schritte gegangen. Mein Mann und meine Kinder warten im Auto, wir kommen gerade aus der Tierklinik in Rostock."

„Hallo, Frau Mertens", begrüßte Oma die junge Frau, die sie aus einer Buchhandlung in Ahrenshoop kannte. Auch dort hatte sie im vergangenen Jahr ihre Bilder ausgestellt. „Sie haben jetzt einen Hund?", fragt Oma interessiert.

„Ja, den haben wir ganz spontan mitgenommen, als wir in Warnemünde waren. Am Hafen stand eine ältere Frau mit dem kleinen Welpen und wirkte ganz unglücklich. Sie erzählte uns, dass sie den Kleinen für ihren Mann als Geburtstagsüberraschung gekauft hätte. Aber leider sei ihr Mann unerwartet sehr krank geworden. Und sie alleine könnte den Welpen nicht aufziehen, sie habe überhaupt keine Erfahrung mit Hunden. Sie wollte ihn eigentlich gerade ins Tierheim bringen, aber da hatten sich meine Töchter schon in ihn verliebt, und wir haben ihn ihr abgekauft. Er sieht ja auch so bezaubernd aus."

Mysteriöser Welpenverkauf
am Hafen

„Aber was ist denn mit ihm?", wollte Jill wissen.

„Der Kleine kriegte abends bei uns starken Durchfall und erbrach selbst das Wasser, das wir ihm gegeben haben", antwortete Frau Mertens. „Eben haben wir ihn aus der Tierklinik abgeholt, er war da mehrere Tage zur Behandlung. Er soll eine Infektion haben, die eigentlich eher in Osteuropa vorkommt, haben die Tierärzte gesagt. Sie wissen noch nicht genau, ob er wieder ganz gesund wird. Meinen Töchtern darf ich das gar nicht sagen, die haben schon geweint, als der kleine Linus gleich in die Klinik musste."

„Hat diese ältere Frau, von der Sie den Hund gekauft haben, den Welpen denn aus Osteuropa geholt? Wozu dieser Umstand? Es gibt doch in Deutschland genug Züchter und volle Tierheime", wunderte sich Jills Oma. „Und haben Sie die Frau angerufen, um ihr zu sagen, dass der kleine Hund so krank ist? War er bei ihr denn noch gesund?"

„Ja, wir haben ganz oft versucht, sie auf ihrem Handy zu erreichen", erwiderte Frau Mertens ratlos. „Aber sie muss uns vor Aufregung eine falsche Telefonnummer gegeben haben. Auch über die Auskunft haben wir kein Glück gehabt, leider."

„Das ist ja eine etwas undurchsichtige Geschichte", sagte Opa zweifelnd, als seine Frau am Tisch wiedergab, was sie und Jill gerade gehört hatten.

Am nächsten Morgen kam er noch einmal auf das Thema zurück, als sie alle gemeinsam beim Frühstück saßen. „Hört mal", sagte Opa, „was hier in der Zeitung steht: Achtung Dringend! Verkaufe Welpen verschiedener Rassen aus liebevoller Hobbyzucht aufgrund eines persönlichen Notfalls. Kontakt nur über Handy."

„Wer züchtet denn gleichzeitig mehrere Hunderassen?", fragte Oma skeptisch. „Da braucht man doch bestimmt ein riesiges Grundstück mit umzäunten Bereichen, in dem jede Hundemutter jeweils für sich ihre Welpen aufziehen kann. Steht da, wo diese Hundezucht sein soll?"

„Nein", sagte Opa. „Aber ich wundere mich auch, dass man als Züchter nicht mögliche Notfallsituationen, wie Krankheit oder ähnliches, mit einkalkuliert. Schließlich geht es um Lebewesen. So wie ich das verstehe, müssen die Kleinen jetzt so schnell wie möglich verkauft werden. Die Armen, hoffentlich werden sie nicht an die Falschen verkauft."

„Wieso an die Falschen?", fragte Jill.

„Na, Leute, die sich nicht um ihre Hunde kümmern, im Internet verscherbeln, ins Tierheim bringen oder im Wald aussetzen. Steht doch ständig in der Zeitung", warf Lucas ein und stand vom Tisch auf. „Ich habe mich am Strand mit Mike verabredet. Er hat mir gesagt, dass ich wahrscheinlich noch einen Platz in dem Segelkurs bekommen könnte. Jetzt kann ich ja endlich den Schein machen."

„Das würde mich sehr für dich freuen", sagte seine Mutter erleichtert. „Dann hätte der ausgefallene Urlaub doch noch sein Gutes."

„Und ihr?", wendete sie sich an ihre Schwiegereltern und an ihre Tochter. „Was macht ihr heute, wenn ich gleich nach Potsdam zurückfahre?"

„Ich habe Julia vorhin angerufen und gefragt, ob ich vielleicht heute schon Merlin reiten darf", antwortete Jill. „Sie hat ihn zwar schon für einen Ausritt vergeben, aber ich muss ihn unbedingt jetzt schon wiedersehen. Ab morgen kann ich ihn dann jeden Tag reiten, solange ich möchte."

„Gut, dann fährst du in den Reitstall, und ich werde an meinen Skizzen weiterarbeiten. Lasst uns doch abends alle ein Picknick am Strand machen, habt ihr Lust?", fragte Oma.

„Ja, das passt mir auch", warf Opa ein. „Ich entwerfe gerade für den Tourismusverband Mecklenburg-

Vorpommern", erklärte er an Jill gewandt, „neue Radwander-karten für Familien. Dazu muss ich selbst verschiedene Stre-cken mit dem Fahrrad testen und prüfen, welche Touren sich für Kinder eignen, ob Spielplätze auf dem Weg liegen und ..."

„... Eisdielen, Reitställe und Minigolfplätze", unterbrach Jill begeistert. „Das Beste wäre, wenn ich deine Touren gegen-checke, denn Erwachsene wissen manchmal gar nicht, was für uns gut ist." Alle lachten und brachten Jills Mama zum Auto.

„Pass auf dich auf, meine Süße", sagte ihre Mutter, küsste Jill zum Abschied auf die Stirn und winkte ihrer Familie aus dem heruntergelassenen Fenster solange zu, bis sie vom See-sternweg in den Mittelweg einbog.

„So, kleine Amazone, dann ab zum Reiten", forderte Opa seine Enkelin auf. „Grüße Julia von uns und sei bitte nicht spä-ter als 18.00 Uhr zu Hause. Lucas rufe ich gleich auf seinem Handy an, damit er auch rechtzeitig heimkommt."

Mit Mohrrüben und Äpfeln bestückt fuhr Jill auf Omas al-tem Fahrrad die acht Kilometer zu Julias Pferdehof nach Hirschburg. Sobald sie die Stallungen sah, stieg sie vom Rad ab und schob es in den gepflasterten Innenhof. In der Mitte stand eine mächtige Kastanie. Sie sollte über 200 Jahre alt sein, wie Julia ihr einmal erzählt hatte.

Die Pferdeboxen waren im Halbrund um den Innenhof an-geordnet. Doch heute waren sie leer.

„Die Pferde sind alle draußen", rief ihr ein Mädchen mit kurzen blonden Haaren entgegen. Sie schien in Jills Alter zu sein.

„Julia und Marco haben die Reitstunden vorverlegt, weil es heute so heiß werden soll."

„Ist Merlin dabei?" fragte Jill und spürte plötzlich, wie auf-geregt sie war. Sie freute sich unbändig, „ihren" Haflinger wiederzusehen.

„Nein, der ist heute Abend für einen längeren Ausritt ein-geteilt. Deshalb hat Julia ihn jetzt nicht mitgehen lassen.

Merlin steht auf der Weide, ach nein, doch schon im Stall", korrigierte sich das Mädchen.

Eilig nahm Jill den Korb mit den Mohrrüben und Äpfeln vom Fahrrad und betrat die Stallgasse. Links und rechts lagen die Boxen, die geräumiger waren als die Boxen, die sie aus dem Reitverein in Potsdam kannte. In besonders großen Boxen brachte Julia immer zwei Pferde oder Ponys unter, die sich besonders mochten.

Ein Mauersegler flog über Jills Kopf Richtung Stalltor und beschrieb einen weiten Bogen in dem klaren Sommerhimmel. Auch Spatzen sausten laut zwitschernd in das Holzgebälk des Stalls und wieder hinaus. Begierig nahm Jill die Gerüche auf, die ihre Potsdamer Freundin Maxi als pures Glück bezeichnete. Es roch nach Pferd, nach Heu, Stroh, Sattelfett, nach dem Holz der Boxen und selbst nach dem Staub auf der Stallgasse.

„Dieser Geruch ist unvergleichlich, einfach nur schön", hatten Jill und Jenny ihrer Freundin Maxi zugestimmt. Die Mädchen hatten sich im Potsdamer Reitclub kennengelernt und festgestellt, dass sie in dieselbe Schule, das Humboldt-Gymnasium, gingen. Seitdem waren sie unzertrennlich.

Jill ging weiter durch die Stallgasse und las laut die Namensschilder der Pferde, die die Boxen bewohnten. Cassado, Onassis, Kosak, Wüstenblume, Gashmiron, Witonia, Elfenkönig, Wotan, Shakira und Amira sprach Jill vor sich hin und lauschte dem Klang der geheimnisvollen Namen nach. Und jetzt stand sie vor Merlins Box, ihr Herz fing an zu klopfen.

Jill öffnete seine Boxentür und sah den ausdrucksvollen Haflingerwallach auf sich zukommen. Er stupste seine Nase gegen ihre Hand, und Jill gab ihm einen halben Apfel. Langsam strich sie über seinen weißen Stern auf der Stirn, kraulte seine Ohren und fuhr mit ihrer Hand in seine lange, blonde Mähne. Jill war sich nicht ganz sicher, ob Merlin sie wiedererkannte, aber sie sah, dass ihm die Liebkosungen gefielen. Er schnaubte und scharrte nachdrücklich mit dem Vorderhuf.

„Na, da ist ja einer ganz scharf auf deine Äpfel", hörte sie eine vertraute Stimme in ihrem Rücken, und Jill trat aus der Box.

Eine neue Freundin für Jill

Julia umarmte Jill herzlich und gab ihr, wie Mama heute Morgen, einen leichten Kuss auf die Stirn. „Wie schön, dass du wieder bei uns bist. Sechs Wochen bleibst du dieses Mal bei deiner Oma und deinem Opa?"

Jill nickte: „Ja, einen Monat und noch einen halben. Wenn ich darf, komme ich jeden Tag und helfe dir mit den Pferden."

„Gerne, du bist jeder Zeit willkommen, das weißt du. Ich habe mit deiner Oma die Regelung getroffen, dass du Merlin reiten kannst, solange du Ferien hier bei uns an der Ostsee machst. Nur heute geht es leider noch nicht, weil Merlin abends für einen Ausritt gebucht ist, das habe ich dir ja bereits erklärt. Aber ab morgen ist dein Freund ganz für dich alleine da", versicherte Julia und drückte Jill noch einmal an sich.

„Das ist übrigens Sina", stellte Julia das Mädchen vor, das Jill vorhin an den Ställen gesehen hatte. „Sie ist meine Nichte und kommt aus Krampnitz in der Nähe von Potsdam."

„Hi", sagte Jill zurückhaltend. Sie wusste nicht, ob sie sich freuen sollte, dass Julia eine Nichte hatte. Im Augenblick fiel ihr der Gedanke, die von ihr bewunderte Julia mit einer Gleichaltrigen zu teilen, überraschend schwer. Aber Sina schien sich richtig zu freuen und lächelte Jill offen an.

„Das ist ja cool, vielleicht gehen wir sogar in dieselbe Schule und treffen uns durch Zufall hier in diesem verschlafenen Dörfchen?"

„Es hängt nicht von der Größe des Ortes ab, ob du dich wohl fühlst und glücklich bist", sagte Julia ernst zu ihrer Nichte.

„Oh Julia, sorry, das habe ich nicht böse gemeint", antworte Sina und umarmte ihre Tante. „Ich bin so gerne bei dir und Marco, aber ich hätte halt auch mal Lust auf eine richtig coole Großstadt, Shoppen, Cafés, Kino und so." Sie verstummte.

Jill kam das bekannt vor. Ihre Freundin Jenny sagte das auch häufig. Jenny fand Potsdam klein und eng und wünschte sich, dass ihre Eltern eines Tages nach Berlin umziehen würden. Jill konnte das nicht verstehen. Sie mochte Potsdam und vermisste absolut nichts. Höchstens das Meer, aber dann konnte sie zu ihren Großeltern nach Graal-Müritz fahren.

„Ich brauche jetzt mal eure Hilfe in einer völlig anderen Geschichte", wechselte Julia das Thema. „Ihr wisst ja beide, dass wir auf dem Hof immer zwei, manchmal sogar drei Hunde hatten. Lilly ist ja schon im letzten Jahr gestorben und Lucy in diesem Frühjahr. Nicht nur, dass Louis nun alleine ist – er ist ja mit zwölf Jahren auch schon recht alt. Ich möchte, dass er wieder Verstärkung auf dem Hof bekommt. Vielleicht ein oder zwei Hündinnen dazu, die Rasse ist nicht so entscheidend. Heute Morgen habe ich eine Anzeige in unserer Regionalzeitung gefunden, in der jemand Welpen verkaufen muss. Schien ein Notfall zu sein."

„Das hat Opa uns auch vorgelesen", warf Jill ein. „Oma fand die Anzeige ziemlich merkwürdig, weil verschiedene Hunderassen gleichzeitig angeboten werden."

„Hat mich auch gewundert, dass man auf einmal mehrere Rassen in der Zucht hat", antwortete Julia. „Ich weiß nicht, wie das gehen soll. Aber ich habe trotzdem gleich heute früh angerufen und sollte mich um 12.00 Uhr noch einmal melden. Kommt ihr mit ins Büro?"

„Ihr könnt die Unterlagen auf die Erde legen", wies Julia auf das große Sofa in der Ecke. Sie selbst schwang sich auf den Schreibtisch und ließ die Beine baumeln. „Ich stelle das Telefon auf `laut´, dann könnt ihr mithören."

Sie wählte die in der Zeitung angegebene Handynummer. Sofort meldete sich eine Frau, schon älter, wie es Jill schien.

„Sie rufen wegen meiner Welpen an, ja? Ich muss sie alle verkaufen, ein Notfall, leider, das habe ich Ihnen ja schon heute früh erklärt. Ich kann gleich vorbeikommen und Ihnen mehrere Welpen zeigen. Was hätten Sie gerne?"

„Haben Sie denn so viele Hunderassen zur Auswahl? Wie viel Zuchthündinnen haben Sie denn gleichzeitig eingesetzt?", fragte Julia und hörte selbst, wie misstrauisch sie klang.

„Ich kann Ihnen traumhafte Berner Sennenhundwelpen zeigen, Australian Shepherds, bildschön, alle tricolor, Neufundländer, Prachtkerle, Schäferhundwelpen, gut gewachsen, perfekte Abstammung, aber auch kleinere Rassen. Die zauberhaften Bolonkas, die sich mit Kindern so gut verstehen, oder Malteser aus einer preisgekrönten Zucht", spulte die Frau herunter.

„Nein, ich komme", erwiderte Julia bestimmt. „Ich möchte die Muttertiere sehen, bevor ich einen Welpen kaufe. Außerdem möchte ich das Umfeld kennenlernen, in dem die Hundebabys aufgewachsen sind und auch Sie im Umgang mit Ihren Tieren erleben."

Am anderen Ende der Leitung entstand eine etwas längere Pause. Dann sagte die Frau mit betont sanfter Stimme: „Das tut mir sehr leid, aber Sie können auf keinen Fall zu mir kommen. Mein Mann ist sehr krank und wir haben die Handwerker im Haus. Dadurch sind die Hündinnen so erregt, dass sie niemanden an ihre Welpen heranlassen. Es ist wirklich besser für uns alle, wenn ich einige Welpen ins Auto lade und zu Ihnen komme."

„Aber das ist doch kein verantwortungsvoller Hundeverkauf", kritisierte Julia. „Sie wissen, wie wichtig es ist, dass die Käufer sich vor Ort überzeugen können, dass die Welpen bei ihrer Mutter und ihren Geschwistern aufwachsen konnten. Nur so können sie ein gutes Sozialverhalten erlernen."

„Das weiß ich sicher, und es tut mir auch wirklich sehr leid, dass ich Ihnen da nicht entgegenkommen kann. Aber ich bin in einer großen Notlage und muss die Kleinen ganz schnell abgeben. Die Trennung fällt mir ja so schwer, umso wichtiger wäre es mir, wenn sie in gute Hände – wie zu Ihnen – kämen", ergänzte die Frau hastig.

Julia guckte Jill und Sina an, die Mädchen nickten beide eifrig mit dem Kopf. „Gut, dann kommen Sie bitte zu uns in den Reitstall und zeigen mir Ihre Welpen", gab sich Julia geschlagen. „Ihr Auto hat doch eine Klimaanlage? Draußen sind über 30 Grad, da können Sie die Welpen nur im gekühlten Auto transportieren."

„Aber selbstverständlich", bestätigte die Frau. „Ich liefere unsere Welpen, die, wie gesagt, alle von preisgekrönten Eltern abstammen, bis nach Frankreich. Die Kleinen reisen wie Könige."

„Warum habe ich bloß so ein ungutes Gefühl?", fragte Julia die beiden Mädchen. „Aber vielleicht kann ich hier noch etwas Gutes tun und verhindern, dass die Welpen in falsche Hände geraten."

In falschen Händen

Falsche Hände. Den Begriff hatte Jill heute früh schon einmal von ihrem Großvater gehört. Und wieder fragte sie: „Was meinst du mit falschen Händen?"

„Na, Menschen, die sich nicht um ihre Tiere kümmern, sie vielleicht sogar schlagen oder schwer vernachlässigen. Manche Hunde liegen an Ketten, obwohl das in Deutschland laut Tierschutzgesetz verboten ist, andere werden in kleinen Zwingern gehalten und wieder andere den ganzen Tag über in Stadtwohnungen eingesperrt, weil die Besitzer arbeiten gehen."

„Aber wer schafft sich denn einen Hund an, wenn er den ganzen Tag weg ist?", fragte Jill. Sie war sprachlos.

„Mama erlaubt mir keinen Hund, weil sie und Papa arbeiten und Lucas und ich in der Schule sind. Obwohl wir ja schon mittags nach Hause kommen würden", ergänzte sie.

„Deine Mutter hat recht", sagte sie. „Für einen Hund brauchst du vor allem Zeit, um ihn verstehen zu lernen. Es reicht nicht aus, einen kurzen Spaziergang am Morgen zu machen und abends noch mal schnell vor die Tür zu gehen. Das macht den Hund unglücklich und unzufrieden und euch auch."

„Unser Nachbar", warf Sina ein, „hat einen Zwinger im Garten. Sein Hund ist da den ganzen Tag eingesperrt. Er läuft dauernd auf und ab, manchmal dreht er sich auch im Kreis."

„Der arme Kerl hat einen Zwingerkoller", sagte Julia mit gerunzelter Stirn. „Auch für die Zwingerhaltung gibt es genaue Vorschriften. Der Hund muss ausreichend Auslauf im Freien bekommen und ausreichend Kontakt mit Menschen haben."

„Was ist denn ausreichend?", fragte Jill und Julia antwortete: „Das ist doch das Problem. Ausreichend ist ein dehnbarer Begriff. Wenn Sinas Nachbar es ausreichend findet, seinen Hund am Tag von 24 Stunden eine Stunde aus dem Zwinger zu holen, dann ist das für den Hund mit Sicherheit nicht ausreichend. Er zeigt ja deutlich genug, wie schlecht es ihm damit geht."

„Der Ärmste", bedauerte Jill den unbekannten Hund im Zwinger aus tiefstem Herzen. „Jeder Hund möchte doch mit seinen Menschen zusammen sein dürfen. Er ist ein Familienmitglied und braucht eigentlich dasselbe wie wir. Er muss essen, trinken, möchte geliebt werden und draußen mit Freunden spielen können. Im Sommer möchte er schwimmen und im Winter durch den Schnee toben."

„Hunde fressen aber. Essen gilt nur für Menschen", korrigierte Sina.

Julia runzelte die Stirn. „Warum eigentlich? Viele Formulierungen, die Menschen nutzen, wenn sie über Tiere sprechen, sind mir zu abwertend. Meine Hunde essen jedenfalls und meine Pferde auch." Dabei zwinkerte sie den Mädchen zu und sagte dann zu Sina: „Deine Eltern sollten das Veterinäramt in Potsdam verständigen, damit sie die Haltung des Hundes im Zwinger kontrollieren. Wenn Tiere schlecht gehalten werden, haben wir alle die Pflicht, ihnen zu helfen."

„Aber unser Nachbar ist Mamas und Papas Chef im Krankenhaus", gab Sina zu bedenken.

„Umso schlimmer", antwortete Julia zornig.

„Wieso schlimmer?", fragte Sina nach und ihre Tante erwiderte: „Weil euer Nachbar Arzt ist. Er hat sich einen Beruf ausgesucht, in dem er für Menschen da sein möchte, ihnen hilft, Krankheiten und Verletzungen zu überstehen. Aber für seinen Hund hat er so wenig Mitgefühl übrig, dass er ihn im Zwinger einsperrt und seelisch krank werden lässt. Verstehe ich absolut nicht."

Julias Wangen glühten, sie war erregt. Ungerechtigkeiten konnte sie schon als Schülerin nicht ertragen, aber jetzt war sie erwachsen und in der Lage, sich für Menschen und Tiere einzusetzen, wenn sie Hilfe brauchten.

„Ich werde selbst beim Veterinäramt in Potsdam anrufen und die Beamten bitten, eine Kontrolle der Hundehaltung durchzuführen", sagte sie zu den Mädchen.

„Dann sind deine Eltern", wendete sie sich direkt an Sina, „aus der Verantwortung. Ich rufe sie heute Abend an und bespreche die Sache mit ihnen."

Jill war begeistert. „Kommt der Hund dann in eine Familie, die mit ihm spielt und ihn lieb hat?", fragte sie.

„Nein, nicht gleich", antwortete Julia. „Zuerst schaut sich das Veterinäramt an, wie der Hund gehalten wird und welchen Eindruck er macht. Ob er gesund ist, Wasser und Futter bekommt, eine Schutzhütte hat und wie groß der Zwinger ist. Wenn den Beamten dabei etwas Negatives auffällt, sagen sie das dem Hundebesitzer und er muss es in kurzer Zeit ändern. Zum Beispiel den Hund öfter im Garten frei laufen lassen, sich mit ihm beschäftigen und ihn mit anderen Hunden spielen lassen. Tut er das nicht, kann der Hund von der Behörde fortgenommen werden. Dann kommt er ins Tierheim, und die Mitarbeiter dort suchen ein neues Zuhause für ihn. Das wäre wohl in diesem Fall die beste Lösung für den Hund", sagte Julia mehr zu sich.

„Vielleicht will Mamas und Papas Chef den Hund ja gar nicht mehr haben und freut sich, wenn er wegkommt?", überlegte Sina.

„Das wäre natürlich die einfachste Lösung, dann bräuchte man den ganzen Weg über das Veterinäramt nicht", stimmte Julia ihr zu. „Mal sehen, was deine Eltern heute Abend sagen."

Da klingelte das Telefon. Julia hob ab und sagte: „Ah, Sie sind schon da? Gut, wir kommen nach draußen."

„Die Züchterin mit den Welpen ist gerade in den Hof gefahren. Lasst uns raus gehen, damit die Kleinen nicht länger als nötig wie Verkaufsware behandelt werden."

Überrascht schaute Jill auf. Julia wirkte plötzlich ein wenig einschüchternd, fast wie die Polizistin aus Potsdam, die Papa neulich im Auto angehalten hatte. „Verkehrskontrolle! Haben Sie Alkohol getrunken?", hatte sie streng gefragt und Papa, ihr erwachsener Papa, war rot geworden. Dabei hatte er bei Mama nur ein paar Schlucke aus dem Weinglas probiert und sonst Wasser getrunken.

Warum war Julia bloß so sauer auf die Züchterin, fragte sich Jill. Weil sie mehrere Hunderassen züchtete? War man deswegen gleich böse zu seinen Tieren? Jill beschloss, Julia noch einmal genau zu fragen, woran man eine gute Hundezucht erkannte.

Welpen im Kofferraum

Als Jill in den Hof kam, sah sie an der alten Kastanie einen staubigen Kastenwagen stehen. Seine Scheiben waren verdunkelt, auf der Fahrerseite las sie ‚Lackiererei Friedrichs‘. Eben stieg eine Frau aus, wahrscheinlich die, mit der Julia vorhin telefoniert hatte.

„Guten Tag. Frau Sander, nehme ich an?", fragte die Frau zu Julia und zu Sina und Jill gewandt: „Ah, die beiden zauberhaften Töchter. Seid ihr die beiden Glücklichen, die sich heute zwei süße Hündchen aussuchen dürfen?"

Jill und Sina sahen sich an. Ein „Hündchen"? Sie waren doch keine Babys. „Nein", antwortete Julia in einem Tonfall, den Jill nicht an ihrer großen Freundin kannte. „Sie sind weder meine Töchter noch sind die Hunde für die Mädchen bestimmt."

„Ich bin Dr. Katharina Zietke, Tierärztin. Ich betreue die Zucht von Frau Pohlenz, mit der Sie vorhin telefoniert haben. Frau Pohlenz musste bei ihrem kranken Ehemann bleiben, darum bat sie mich, Ihnen die Welpen zu zeigen." Überrascht schaute Julia die Tierärztin an.

„Ist das üblich unter Tierärzten? Kümmern sich Ihre Kollegen auch um den Verkauf von Welpen?"

Die Frauen maßen sich mit einem langen Blick. Ein unangenehmes Schweigen entstand, sie waren sich offensichtlich nicht sehr sympathisch, wie Jill und Sina feststellten.

Doch Dr. Zietke bemühte sich um eine freundliche Antwort: „Nein, natürlich nicht. Ich kenne das Ehepaar Pohlenz schon seit Jahren und habe die beiden immer sehr bewundert, wie liebe- und verantwortungsvoll sie mit ihren Hunden umgehen. Und nun diese schwere Krankheit des Mannes, die Frau Pohlenz zwingt, sich von ihren wundervollen Tieren zu trennen, furchtbar. Da habe ich ihr meine Hilfe angeboten und ihr versprochen, mir das neue Zuhause für ihre Kleinen anzusehen. Sie müssen wissen, Frau Pohlenz liebt ihre Hundebabys wie ihre eigenen Kinder."

„Wo sind denn nun die Welpen?", unterbrach Sina ungeduldig. Frau Zietke öffnete den Kofferraum, der mit einem Gitter zur hinteren Sitzbank abschloss. Acht Hundebabys, alle mit verschiedenfarbigen Schleifen um den Hals, schauten mit großen Augen auf die Menschen. Sie gaben hohe Winsellaute von sich und stolperten über ihre Pfötchen bei dem Versuch, aus dem Kofferraum zu klettern.

„Helft ihr mir, die Kleinen da vorne ins Gras zu setzen?", fragte die Tierärztin Sina und Jill.

Einen blonden Golden Retriever, einen braunen Labrador, einen dreifarbigen Berner Sennenhund, einen schwarz-weißen Border Collie, einen schwarz-braun-weißen Australien Shepherd, einen schwarz-weißen Bolonka und einen weißen Malteser trugen sie gemeinsam unter den Kastanienbaum mit seiner ausladenden Krone.

„Sind die Hunde schon acht Wochen alt?", fragte Julia und zeigte auf den Labrador-Welpen, der unsicher durch das Gras stapfte. Auch der Bolonka- und der Malteserwelpe schienen ihr viel zu klein und unterentwickelt für ein zwei Monate altes Tier. Wieder dieser spannungsgeladene Blick zwischen den beiden Frauen.

„Oh, das haben Sie sehr gut beobachtet", beeilte sich Frau Zietke zu sagen. „Ich hätte Sie auch gleich darauf hingewiesen. Diese drei Welpen sind tatsächlich erst sechs Wochen alt und dürfen frühestens in 14 Tagen von Frau Pohlenz abgegeben werden."

Jill hatte sich wie Sina auf den Boden gesetzt, um mit den Welpen zu spielen. Sie hätte sie am liebsten alle behalten. Die

Vorstellung, sich für einen entscheiden zu müssen, schien ihr unmöglich.

„Na, kleines Bärchen", sagte Jill zärtlich zu dem Australian Shepherdwelpen, der immer wieder versuchte, an ihr hochzuklettern. Und von hinten arbeitete sich der Golden Retriever vor, zerrte an ihrem T-Shirt und quiekte vor Begeisterung, wenn er es mit seinen spitzen Milchzähnen zu fassen bekam. Nur der Labrador und der Bolonka lagen ganz still. Wie erwachsene Hunde es häufig tun, hatten sie den Kopf seitwärts auf eine Pfote gelegt und schienen zu schlafen.

„Was ist mit den beiden?", fragte Julia, die jeden der acht Welpen einzeln hochgenommen, abgetastet und nach dem Absetzen auf den Boden beim Laufen beobachtet hatte. „Warum sind sie so ruhig?"

Die Tierärztin zuckte mit den Schultern. „Die Hitze, die Aufregung, vielleicht sind sie auch nur ausgepowert. Frau Pohlenz lässt die Welpen ja stundenweise in den großen Auslauf, damit sie miteinander spielen können. Sollte aber ein Hund wider Erwarten krank sein, kümmern wir uns natürlich."

„Das heißt was?", fragte Julia.

„Das heißt, dass ich mich als Tierärztin persönlich darum kümmere, dass der Kleine die bestmögliche medizinische Versorgung bekommt. Und sollte er unheilbar krank sein, werde ich mich um Ersatz bemühen und einen neuen Welpen vorbeibringen."

„Wie viel Zuchthündinnen hat Frau Pohlenz, wie viele Welpen insgesamt und wann muss sie alle Hunde definitiv abgegeben haben? Gibt es bestimmte Hunde, die es schwerer als andere haben, neue Besitzer zu finden – und sind alle Tiere gesund oder gab es Krankheiten, die Sie in der Vergangenheit behandelt haben? Und wo arbeiten Sie als Tierärztin oder haben Sie eine eigene Tierarztpraxis hier im Ort?", schob Julia noch einmal nach.

„Das sind ja viele Fragen auf einmal", antwortete Dr. Zietke ausweichend und blätterte geschäftig in ihren Unterlagen, die sie zwischenzeitlich aus dem Auto geholt hatte.

„Mit meiner Hilfe hat das Ehepaar Pohlenz in dieser Woche fast alle Welpen verkauft, nach der Zeitungsannonce wollten sehr viele nette Menschen den Hunden der armen Frau Pohlenz helfen. Ohne ´Wenn und Aber`. "

Hier warf sie Julia einen vorwurfsvollen Blick zu und ergänzte: „Die Zuchthündinnen gehen an andere, sehr angesehene Züchter und bis auf diese acht Kleinen konnten wir für alle Hundebabys ganz feine Familien finden. Wobei ich Ihnen sagen muss, wenn ich mir diese Notizen hier noch einmal anschaue, dass auch diese acht Welpen im Grunde schon verkauft sind. Sie sind reserviert, ganz fest, lese ich gerade. Das tut mir sehr leid, aber dann erübrigt sich jedes weitere Gespräch."

Jetzt hatte es Frau Zietke plötzlich sehr eilig. Sie erhob sich und griff unsanft nach zwei Welpen. Überrascht jaulten der Australian Shepherd und der Border Collie auf, die der zupackenden Hand nicht schnell genug entkommen konnten. Im Nu hatte Dr. Zietke auch die übrigen Hunde ins Auto verfrachtet und weder Julia noch die Mädchen dabei angeschaut. Bitter enttäuscht, dass die Hundebabys so schnell wieder fortgenommen wurden, standen Jill und Sina vom Boden auf.

„Und wo habt ihr den kleinen Berner Sennenhundwelpen?", fragte Frau Zietke und sah sich unter der mächtigen Kastanie um.

„Ich habe gar nicht mit ihm gespielt", antwortete Sina und auch Jill schüttelte den Kopf. Traurig schaute sie auf den Kastenwagen, hinter dem die Kleinen zu hören waren. Sie kratzten von innen an der Kofferraumklappe, jaulten und winselten.

Ein kleiner Berner Sennenhund
verschwindet

„Aber der Welpe kann doch nicht einfach verschwunden sein!", rief Dr. Zietke nervös aus. „Helfen Sie mir alle sofort beim Suchen", wies sie Julia und die Mädchen in herrischem Ton an.

Doch Julia antwortete ebenso scharf: „Nein, so geht das nicht. Sie können auf keinen Fall die sieben Welpen bei der Wärme ins Auto sperren, während wir uns auf die Suche machen. Entweder bringen Sie erst die Welpen zu ihren Müttern zurück und kommen dann wieder her, oder Sie sorgen umgehend dafür, dass der Wagen ausreichend kühl ist. Sie haben doch eine Klimaanlage im Auto? Wenn nicht, hole ich die Tiere eigenhändig wieder heraus."

„Wow", flüsterte Sina Jill ins Ohr. „Julia ist echt cool."

Jill nickte und gab leise zurück: „Wo ist denn nun der kleine Berner Sennenhund? Hast du ihn versteckt, damit er nicht weg muss?"

„Gute Idee eigentlich", grinste Sina. „Aber ich habe den Welpen wirklich nicht angefasst oder weggebracht. Wie auch? Das hättet ihr doch alle gesehen."

„Sie fährt tatsächlich los, schau mal." Jill stieß Sina an und beide Mädchen schauten dem schmutzigen Kastenwagen hinterher, wie er einmal um die Kastanie fuhr und dann über das Kopfsteinpflaster holpernd den Hof verließ.

„Dieses Auto ist mit Sicherheit nicht auf den Transport von Hunden eingerichtet", sagte Julia. „Hätte sie die Hunde noch länger im Wagen gelassen, hätte ich die Polizei gerufen."

„Warum denn gleich die Polizei?", wunderte sich Jill. „Ist es verboten, seinen Hund im Auto zu lassen, wenn es warm ist?"

„Nein, das nicht, obwohl es sinnvoll wäre." Dass in Rostock vor kurzem ein Hund wieder einmal fast in einem Auto gestorben wäre, weil seine Besitzer ihn „nur für Minuten" zurückließen und die Sonne das Wageninnere im Nu gefährlich aufgeheizt hatte, wollte sie den Mädchen jetzt nicht erzählen.

Julia riss sich von ihren Gedanken los: „Ich hätte gerne die Polizei unter einem Vorwand gerufen, weil mir die ganze Geschichte irgendwie merkwürdig vorkommt. Die Polizei hätte vieles überprüfen können, worauf wir von Frau Zietke keine Antwort bekommen haben. Sind Frau und Herr Pohlenz wirklich Züchter? Ist ihre Zucht den Behörden bekannt? Wie werden die Hunde gehalten? Wir hatten das Thema ja vorhin schon einmal, als Sina von dem armen Hund im Zwinger in Krampnitz erzählte. Ist euch nicht aufgefallen, dass Frau Zietke nie gesagt hat, wo die Züchter wohnen? In Graal-Müritz, in Rostock, weiter im Landesinneren? Hätte man nicht in Graal-Müritz schon mal von einer so großen Hundezucht gehört? Immerhin müssen Frau und Herr Pohlenz mindestens acht Zuchthündinnen haben. Uns hat sie ja acht verschiedene Rassewelpen mitgebracht. Diese Welpen müssen ja alle eine Mutter haben, es sei denn...". Julia schwieg.

Sie wollte die Mädchen nicht noch mehr beunruhigen. Nachher täuschte sie sich und alles hatte seine Richtigkeit mit dem kranken Herrn Pohlenz und seiner Frau, die ihre Hunde liebte und sich nun schweren Herzens von ihnen trennen musste.

„Kommt die Tierärztin denn noch mal wieder, um den verschwundenen Welpen zu suchen?", fragte Sina. Die drei waren während des Gesprächs an den leeren Boxen entlanggegangen und hatten in jede einzelne hineingeschaut. Gebüsch und Sträucher gab es im Hof nicht, unter denen sich der Kleine hätte verbergen können. Auch keine großen Steine, Tonnen, Holzstöße oder andere Versteckmöglichkeiten für einen unternehmungslustigen Welpen.

„Wir sind so verblieben, dass ich sie gleich anrufe, wenn wir ihn gefunden haben. Er muss ja irgendwo hier auf dem Gelände sein."

„Und wenn du sie nicht anrufst?", fragte Jill zaghaft. „Wenn wir ihn finden, meine ich. Immerhin scheint der Welpe ja bei uns bleiben zu wollen."

Julia legte beiden Mädchen kurz die Hand auf die Schulter. „Das wäre Diebstahl, das können wir nicht machen. Ich sage ihr einfach die Wahrheit: Dass der kleine Ausreißer sich offensichtlich selbst sein Zuhause ausgesucht hat und wir ihn behalten möchten."

„Aber sie sagte doch, dass die Welpen alle schon reserviert seien", gab Sina zu bedenken.

„Glaubt ihr das? Mir kam die Geschichte mit den reservierten Welpen etwas komisch vor. Hätte sie gleich zu uns sagen können, nicht erst so spät", sagte Julia.

„Außerdem hat sie auf keine deiner Fragen geantwortet", warf Jill ein.

„Sie ist so fix verschwunden, weil sie nicht antworten wollte", mutmaßte Sina und Julia nickte lächelnd. „Sehe ich genauso. Die Fragen passten ihr nicht."

Inzwischen waren sie noch einmal um den Stallhof herumgegangen und hatten aufmerksam in jeden Winkel geschaut.

„Das gibt es doch gar nicht, wo ist denn bloß dieser kleine Kerl?" Julia klang mittlerweile sehr besorgt. Der Welpe musste nun schon fast eine Stunde fort sein.

Da klingelte ihr Handy. „Marco! Ich muss dir…". Doch Marco fiel Julia ins Wort, denn sie verstummte.

„Waaaas?", rief sie dann aus und „Wie hat er das denn gemacht?", Marco antwortete etwas, und Julia fing an zu lachen und beendete dann das Telefonat.

„Ihr glaubt es nicht! Wisst ihr, wer den Welpen gefunden hat? Unser Collie Louis! Er war mit Marco und seinem Araberhengst Gashmiron unterwegs. Wir kontrollieren regelmäßig den Zustand der Zäune um unsere Weiden. Louis hielt sich wohl die ganze Zeit bei Marco auf, lief dann aber urplötzlich davon. Marco dachte, er wollte zu mir. Aber dann tauchte er wieder auf und trug in seiner Schnauze den kleinen Welpen."

Und da hörten Julia, Jill und Sina auch schon Hufgetrappel. Der 35-jährige Marco kam auf seinem dunkelbraunen Araber in den Hof geritten. Er hatte Gashmiron als Fohlen gekauft und ihn selbst zugeritten. Heute hatte Marco den edlen Araberhengst nicht einmal gesattelt; er saß lässig auf dem bloßen Pferderücken und hielt die bunten, geflochtenen Zügel locker in einer Hand. Der Welpe lag rittlings vor ihm auf dem Widerrist des Pferdes. Die Position schien ihm unangenehm; er strampelte wild mit den Pfoten, doch Marcos Hand hielt ihn fest.

Louis kam auf Julia zugestürmt. „Na, freust du dich über deine Heldentat?", fragte Julia lachend und strich ihm über den Kopf. „Schade, dass du uns nicht erzählen kannst, was passiert ist. Würde mich schon brennend interessieren, wo du den kleinen Rumtreiber gefunden hast."

„Mich auch, aber da halten die beiden wohl dicht", sagte Marco schmunzelnd. „Hast du dem Züchterehepaar Pohlenz schon Bescheid gesagt, dass der Welpe wieder aufgetaucht ist?"

„Mache ich jetzt", antworte Julia und ging ins Büro. Doch schon wenig später kam sie zurück und zuckte mit den

Schultern. „Das Handy ist ausgeschaltet. Verstehe ich nicht. Ich hatte doch gesagt, dass ich mich melde."

„Vielleicht ist der Anschluss gestört. Versuchen wir es nachher noch einmal. Der Kleine ist bei ihm ja gut aufgehoben", meinte Marco. Alle schauten zu Louis, dem der Welpe nicht von der Seite wich. Eben versuchte er mit seinem großen Freund Schritt zu halten, der gerade Kurs auf die Küche nahm.

„Ah, die Kollegen haben Hunger", stellte Julia fest. Ich habe gar kein Welpenfutter im Haus, was soll ich dem Kleinen geben?"

„Mach ihm doch Reis mit Hühnchen und Mohrrüben", schlug Sina vor. „Das haben Oma und Opa den Welpen von Sally gegeben, als sie ungefähr so alt waren wie unser kleiner Berner Sennenhund. Wir brauchen übrigens noch einen echt coolen Namen für ihn." Für Sina schien völlig klar, dass der Welpe bei ihnen bleiben würde. Immerhin hatte Louis ihn gefunden.

Während die Mädchen am Küchentisch Saft tranken und Julia kochte, hatte sich der Welpe erschöpft von den Aufregungen auf den Fußboden gelegt und war mit weit von sich gestreckten Beinen eingeschlafen. Jills Handy klingelte.

„Das ist meine Oma, ich muss los", kündigte Jill an und sprang auf. Sie streichelte den Collierüden zum Abschied und flüsterte ihm zu: „Pass gut auf ihn auf und lass ihn bloß nicht mehr weg."

„Ruft ihr mich gleich an, wenn ihr Frau Pohlenz erreicht habt?", bat Jill. Sina und Julia sagten gleichzeitig: „Klar, wir sagen dir sofort Bescheid."

Spurensuche

Später beim Picknick am Strand erzählte Jill Oma, Opa und Lucas alles, was sie heute erlebt hatte.

„Das klingt ja höchst merkwürdig", rief Opa aus, als Jill gerade berichtete, wie oft Julia vergeblich versucht hatte, das Züchterehepaar zu erreichen.

„Diese Tierärztin war doch völlig aufgeregt, dass der Welpe verschwunden war", wunderte sich Oma. „Warum will sie nicht wissen, ob er wieder aufgetaucht ist? Ich an ihrer Stelle wäre ganz verrückt vor Sorge und hätte ständig bei Julia nachgefragt. Sie müsste doch auch wissen, dass der Anschluss von dem Ehepaar Pohlenz gestört ist."

„Und die Handynummer von Frau Dr. Zietke hat Julia nicht? Steht sie nicht als Tierärztin im Branchenbuch oder im Internet?", fragte Opa.

„Nein, das hat Marco vorhin schon über das Internet probiert", antwortete Jill, die vor wenigen Minuten eine Whatsapp mit eben dieser Info von Sina bekommen hatte.

„Und was ist mit der Aufschrift auf dem Wagen? ‚Lackiererei Friedrichs', sagt dir das was, Sophie?", wandte sich Ralph Gallinat an seine Frau.

„War das nicht dieses alte Familienunternehmen aus Ribnitz Dammgarten, das vor zwei oder drei Jahren Konkurs anmelden musste?", erinnerte sich Oma.

„Und dann fahren die noch mit ihrem alten Firmenwagen durch die Gegend?", fragte Lucas erstaunt. „Außerdem hieß die Frau doch Zietke und nicht Friedrichs, oder?"

„Sie kann ja einen Zietke geheiratet haben und Friedrichs wäre dann ihr Mädchenname", gab Opa zu bedenken. „Aber am meisten überrascht mich, dass sich keiner mehr für den Welpen zu interessieren scheint. Wie sieht er eigentlich aus?"

„Wahnsinnig süß", schwärmte Jill. „Er ist schwarz mit braunen Stellen an den Beinen und im Gesicht. Zwischen den Augen hat er einen weißen Strich, der sich bis zur Nase zieht und dort ganz breit wird. Auch seine Pfoten sind weiß und schon jetzt größer als die von Louis."

Jill sah den Welpen vor sich und seufzte. Wie gerne würde sie den Hund mit nach Hause nach Potsdam nehmen. Obwohl sie sich natürlich auch für ihn freuen würde, wenn er bei Louis, Julia und Marco bleiben dürfte. Ein Leben auf einem Pferdehof müsste wohl für jeden Hund ein Traum sein, überlegte Jill. Aber scheinbar hatten nicht alle Hunde dieses Glück. Jedenfalls nicht der arme Zwingerhund, von dem Sina heute Vormittag erzählt hatte.

„Na, so nachdenklich?", fragte Oma und legte Jill einen Arm um die Schultern. „Du wirst auch noch einen Hund bekommen. Du musst nur ganz fest daran glauben."

Inzwischen war die Sonne untergegangen und das Meer eine dunkle, unergründliche Fläche. Am Horizont schienen Wasser und Meer ineinander zu fließen. „Ist es nicht unbeschreiblich schön hier?", fragte Oma und sah den um diese Tageszeit fast leeren Strand entlang. Sie hatten sich ihren Picknickplatz abseits der Strandkörbe in den Dünen gesucht.

„Da hinten liegt der Darß", zeigte Opa in die Ferne und alle folgten seinem ausgestreckten Arm mit ihren Blicken. Er wies auf die Steilküste und die dahinter liegenden Buchenwälder und sagte: „Ich wäre gerne Maler, wie eure Oma. Bilder zu malen, die anderen Menschen gefallen, muss sehr befriedigend sein."

„Mich würde es noch mehr befriedigen, wenn ich in diesem Sommer meinen Segelschein schaffte", sagte Lucas und lachte. Während ihr Bruder und die Großeltern Pläne für die nächsten Tage machten, blieb Jill still. Immer wieder schaute sie auf ihr Handy – keine weitere Nachricht von Sina. War das nun ein gutes oder ein schlechtes Zeichen?

„In der Zeitung von heute steht jedenfalls nichts von einem vermissten Welpen", berichtete Opa, als Jill am nächsten Morgen zum Frühstück in den Garten kam. Oma hatte den Tisch unter den Obstbäumen gedeckt und mit Opa zusammen schon den ersten Kaffee getrunken.

„Das wird heute ein noch heißerer Tag als gestern", sagte Oma mit Blick auf den wolkenlosen Himmel. „Meinst du, dass Julia bei der Hitze überhaupt Reitunterricht auf dem Sandplatz geben kann? Der liegt doch direkt in der Sonne."

„Deshalb treffen wir uns ja auch schon so früh", erwiderte Jill. Sie hatte ihre beige Reithose mit den Lederstiefeln an und dazu ein rosafarbenes Top. Außerdem hatte sie die kleine Goldkette mit dem Pferdeanhänger umgebunden, die ihr Mama und Papa zum zwölften Geburtstag geschenkt hatten.

„Ein schöner Anhänger", sagte Opa und sah sich das galoppierende Gold-Pferdchen genauer an. „Dein Glücksbringer?"

„Ja", antwortete Jill und berührte ihn kurz. Vielleicht konnte er helfen, dass der kleine Welpe auf dem Pferdehof bei Julia und Marco bleiben durfte?

Nachdem sie ihren Kakao getrunken und ein Brötchen gegessen hatte, sprang sie auf. Sie gab Oma und Opa einen Kuss.

"Wir sind bestimmt noch in Rostock, wenn du nachher wiederkommst", rief Oma ihr nach. Bitte fahre rechtzeitig vom Hof los. Wir möchten nicht, dass Du nach 18.00 Uhr alleine auf der Landstraße fährst."

Als Jill mit dem Fahrrad auf dem Pferdehof ankam, herrschte geschäftiges Treiben. Die Türen der meisten Boxen waren geöffnet und die Pferde und Ponys davor angebunden. Mehrere Mädchen und Jungen striegelten die Tiere und unterhielten sich über die Pferderücken hinweg miteinander.

Während Jill noch überlegte, ob sie erst Julia suchen oder gleich Merlin aus seiner Box holen sollte, hörte sie ihren Namen rufen. Sina kam mit Zaumzeug und Sattel aus dem Stall und sagte:

„Hi Jill. Wir haben immer noch nichts von Frau Pohlenz oder von Frau Zietke gehört. Julia hat bis gestern um 22.00 Uhr versucht, jemanden zu erreichen. Fehlanzeige. Dafür hat sie mit meiner Mutter gesprochen und die Telefonnummer von unserem Nachbarn bekommen. Du weißt, der mit dem armen Zwingerhund. Er will ihn wirklich abgeben! Julia und Marco überlegen, ob sie ihn aufnehmen. Wir erzählen dir nach der Reitstunde alles, okay?"

Jill nickte. „Und der Welpe? Wie geht es ihm?"

„Der ist eine die", antwortete Sina lachend. „Marco hat sie gestern Abend noch getauft. Mit einem Tropfen Milch auf der Nasenspitze. Er möchte unbedingt, dass sie Tabby heißt. So hieß seine allererste Hündin."

Ein bisschen hatte Jill gerade das Gefühl, alle wichtigen Dinge zu verpassen. Aber dann schüttelte sie den Gedanken ab und lächelte Sina zu.

„Ich bin total gespannt, was ihr mir nachher erzählt. Ich sattle jetzt schnell Merlin, die anderen sind schon fast fertig mit ihren Pferden."

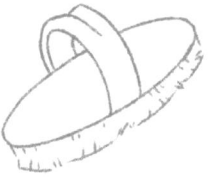

Reiterfreuden

Merlin wieherte leise, als Jill in seine Box trat. „Ich freue mich auch", sagte sie und rieb seine Stirn. Dann legte sie ihm das Zaumzeug an und führte den Haflingerwallach aus seiner Box.

„Du kannst ihn gleich satteln", rief ihr Julia entgegen. „Ich habe ihn vorhin gestriegelt und seine Hufe ausgekratzt."

Jill legte ihm die Satteldecke über und zog sie an allen Seiten glatt. Julia half ihr mit dem Sattel und reichte Jill den Sattelgurt unter Merlins Bauch durch.

„Die Steigbügel haben bestimmt nicht deine Länge, die musst du noch verstellen. Auf dem Sandplatz kontrollieren wir dann noch einmal den Sattelgurt. Jetzt pumpt er sich auf, dein hübscher Freund. Alles Weitere besprechen wir nach der Reitstunde, ja?"

Wieder nickte Jill und führte Merlin zum Sandplatz. Hier standen die übrigen Reiter neben ihren Pferden und Ponys und warteten auf Julias Zeichen zum Aufsteigen.

Die alte erfahrene Fuchsstute Witonia führte mit Sina die Abteilung an. Jill hatte gar nicht gewusst, dass Sina reiten konnte. Die beiden Mädchen lächelten sich zu und plötzlich war Jill richtig froh, dass Sina in diesem Jahr ihre Ferien bei Julia und Marco verbrachte.

„Abteilung Teeerrrrab und auf dem Zirkel geritten", rief Julia. „Tim, nicht Onassis mit den Zügeln in den Zirkel ziehen, sondern mit deinen Schenkeln und deinem Gewicht hineinführen", korrigierte sie. „Marlene, Ecken tiefer ausreiten. Dein Zirkel ist schon gar kein Zirkel mehr. Lena, umsitzen, du trabst auf dem falschen Fuß. Jill, reite nicht so dicht auf, Kosak schlägt gerne aus, wenn ihm ein anderes Pferd zu nahe kommt. Lennart, dein linker Steigbügel ist verdreht."

Jill zügelte Merlin und passte von nun an genau auf, dem braunen Hinterteil von Kosak nicht zu nahe zu kommen. Julia entging trotz der immer größer werdenden Hitze auf dem schattenlosen Reitplatz nichts. Sie beobachtete die zwölf Pferde und ihre jungen Reiter ganz genau. Es machte ihr sichtlich Spaß, die Mädchen und Jungen zu unterrichten.

„Alles, was man zu Beginn beim Reiten falsch lernt, kriegt man später sehr schwer wieder abtrainiert", hatte sie zu Beginn der Reitstunde ihren Schülern erklärt.

Als Julia nach mehreren Hufschlagfiguren im Schritt und Trab die Abteilung angaloppieren ließ, fühlte sich Jill wie im siebten Himmel. Haflinger haben einen sehr weichen Galopp, und Merlin trug sie besonders sanft. Er ging einen so ruhigen Galopp, dass sie nicht einmal die Steigbügel verlor, wie es ihr ab und zu auf den Schulpferden in ihrem Reitverein zu Hause passierte.

„Gut gemacht", rief Julia ihr zu, als Jill auf ihr Geheiß an der inzwischen im Schritt gehenden Abteilung vorbei galoppierte und sich nach der Extrarunde wieder hinter Kosak einreihte.

Jill klopfte Merlin glücklich den Hals und schaute auf Lennart. Der 13-Jährige mühte sich verzweifelt, die träge Schimmelstute Bianca noch einmal zum Galoppieren zu bewegen. „Galoppiere im Zirkel an. Inneren Schenkel an den Sattelgurt, den äußeren eine Handbreit hinter den Gurt. Inneren Zügel etwas verkürzen und jetzt Schenkel ran. Bianca, Gaaalopp", half Julia Pferd und Reiter. Bianca fiel jedoch sofort in den Trab zurück, als sie ihrem Vorderpferd wieder näherkam.

„Abteilung Scheeeritt! Schluss für heute. Lasst die Pferde am langen Zügel noch einige Runden zum Abkühlen gehen. Danach Absitzen und die Pferde in die Boxen bringen. Ich schaue mir die Tiere gleich an, ob sie trocken gerieben werden müssen. Vergesst das Tränken nicht. Die Wassereimer stehen vor jeder Box."

Zwölf erhitzte Mädchen und Jungen brachten ihre Pferde in den Stall zurück, nahmen die Sättel ab und warteten vor den Boxen, bis Julia dazu kam. Mit jedem besprach sie, was heute besonders gut oder noch nicht ganz so optimal gelaufen war.

„Morgen um dieselbe Zeit, seid ihr alle wieder dabei?" fragte Julia. Sie bot in den Ferien unterschiedliche Kurse an. Einige Reiter kamen täglich, andere nur einmal in der Woche. Diese Gruppe kam jeden Morgen. Es waren die Kinder von Urlaubern und drei Geschwister aus Warnemünde. Ihre Eltern betrieben ein Hotel in dem bei Touristen beliebten Hafenstädtchen.

„Hat gut geklappt mit euch beiden", sagte Julia erfreut, als sie Merlins Box betrat. „Du hast gute Fortschritte in den letzten Monaten gemacht, finde ich. Wenn du Lust hast, nehme ich dich in zwei, drei Tagen auf einen längeren Abendausritt mit. Allerdings müsstest du dich danach von deinen Großeltern abholen lassen. Ich möchte nicht, dass du abends alleine auf dem Fahrrad von hier bis nach Graal-Müritz fährst."

Sie wies auf die Straße, die beidseitig vom Wald begrenzt wurde. Schon auf dem Weg in die Box von Bianca, vor der Lennart abwartend stand, bat sie: „Kommst du gleich in die Küche? Ich muss mit dir und Sina und reden, wie es mit Tabby weitergehen soll."

Tabby muss bleiben!

Jill reinigte das Gebissstück des Zaumzeugs und hängte es in der Sattelkammer an den Haken. Über jedem Haken stand der Name des Pferdes. Auf der anderen Seite des kleinen fensterlosen Raumes waren die Sättel aufgebockt. Auch hier war über jeder Halterung vermerkt, zu welchem Pferd der Sattel gehörte. Einen ganzen und einen halben Monat würde Jill hier täglich ein- und ausgehen, als würde sie richtig dazugehören. Ein gutes Gefühl war das.

Als sie das Wohnhaus von Julia und Marco betrat, kam Louis auf sie zugelaufen. Sie kniete sich auf den Boden, und der Collie schob ihr seine lange Schnauze in die Armbeuge. Das war seine Art, Zuneigung zu zeigen. Jill begrüßte den Rüden ausführlich und kraulte seinen Bauch. Das mochte er besonders gerne. Und da kam auch schon der Welpe aus der Küche getapst. Das Hundebaby hatte geschlafen und gemerkt, dass sein großer Freund verschwunden war. Nun war die junge Hündin sichtlich glücklich, dass sie ihren Beschützer Louis so schnell wieder gefunden hatte – und Jill dazu. Wild mit dem Schwanz wedelnd stieg sie auf ihren Schoß und versuchte von dort auf die Schultern zu klettern. Mit ihren spitzen Milchzähnen jagte sie nach Jills langen Haaren und zerrte an den Trägern ihres Tops.

„Du bist ja gut drauf, du wilde Hummel", wehrte sich Jill lachend gegen die spielerischen Angriffe.

„Puh, ist das heiß draußen", stöhnte Sina und nahm sich eine Flasche Cola aus dem Kühlschrank. „Marco sagt, es sieht nach Gewitter aus. Dann sollen wir ihm ganz schnell helfen, die anderen Pferde von den Weiden zu holen und in den Stall zu bringen."

Die Mädchen setzten sich an den Küchentisch und tranken Cola mit Eis und einer Scheibe Zitrone.

„Trinkst du zu Hause öfter Cola?", fragte Jill ihre neue Freundin und die schüttelte den Kopf. „Julia sieht das auch nicht so gerne, aber ich habe sie eben draußen gefragt, ob wir uns ausnahmsweise eine Flasche nehmen dürfen."

Julia kam in die Küche und benetzte ihre Arme und Gesicht im Spülbecken mit Wasser.

„33 Grad im Schatten, habe ich eben gesehen. Wenn es so heiß bleibt, lasse ich die Reitstunde heute Abend ausfallen. Da hat ja niemand was davon." Während sie sich einen Espresso mit viel Zucker zubereitete, fragte sie über die Schulter: „Hast du deinen Großeltern die Geschichte mit unserem Neuzugang erzählt, Jill? Was haben sie gesagt? Kennen sie Frau Pohlenz oder die Tierärztin Zietke?"

„Nein, aber Oma hat sich an was erinnert. Auf dem Wagen, mit dem die Tierärztin kam, stand doch der Schriftzug ‚Lackiererei Friedrichs'. Oma sagte, das war ein Familienunternehmen aus Ribnitz-Dammgarten. Es ging vor zwei oder drei Jahren in Konkurs."

„Hm, wusste ich gar nicht. Aber die Information bringt uns trotzdem nicht weiter. Marco hat gestern noch sehr lange im Internet recherchiert. Weder die Züchter Pohlenz tauchen da in irgendeinem Zusammenhang auf noch gibt es Angaben zu der Tierärztin Zietke. Okay, nach der Lackiererei hat er gar nicht geschaut." Julia trank ihren Espresso mit einem genüsslichen Seufzer.

„Und wenn sie uns falsche Namen genannt haben?", gab Jill zu bedenken. „Opa hatte auch noch überlegt, ob die Tierärztin vielleicht mit ihrem Mädchennamen Friedrichs heißt und einen Zietke geheiratet hat?"

„Das wäre zumindest eine Erklärung für die Verbindung zwischen diesen beiden Namen", stimmte Julia zu. „Marco und ich haben gestern beschlossen, dass wir in die

Wochenendausgabe unserer Tageszeitung eine Annonce setzen, wenn sich bis dahin niemand gemeldet hat."

„Ihr wollt die Kleine wieder weggeben?", fragten Sina und Jill entsetzt. „Bitte, bitte nicht!"

„Nein, natürlich nicht", beruhigte Julia die beiden Mädchen. „Wir versuchen über die Anzeige noch einmal Kontakt zu den Züchtern aufzunehmen. Abgesehen davon, dass uns die Kleine noch gar nicht gehört, müssen wir wissen, ob sie schon geimpft wurde. Ab der achten Woche bekommen Welpen ihre erste Impfung, damit sie gegen bestimmte Hundekrankheiten geschützt sind. Ihr kennt das von euch. Ihr wurdet sicher gegen Kinderlähmung und andere Infektionskrankheiten geimpft."

Jill und Sina nickten. „Und was schreibst du in die Annonce?", wollte Sina wissen.

„Berner Sennenhundwelpe am 23. Juli in Hirschburg auf dem Pferdehof gefunden. Erbitten dringend Rückruf der Züchter und/oder Tierärztin. Dann unsere Telefonnummer", erklärte Julia.

„Opa hatte heute früh auch schon geschaut, ob jemand eine Suchmeldung für den Welpen in die Zeitung gesetzt hat", berichtete Jill. „Die Zeitung lesen ja ganz viele Leute, vielleicht ruft dich jemand an, der selbst schon einmal einen Welpen von Frau Pohlenz gekauft hat?"

„Genau und kann uns dann sagen, wo die Züchter wohnen! Dann fahren wir hin, machen einen Kaufvertrag, bekommen den Impfausweis und den Ahnenpass – und Tabby gehört offiziell uns", schaltete sich Marco ein, der gerade in die Küche kam.

„Ich wollte nur Entwarnung geben. Die Gewitterstimmung ist vorbei, die dunkle Front am Himmel hat sich verzogen. Dann lassen wir die Pferde auf den Weiden. Da können sie im Schatten unter den Bäumen stehen oder sich in dem kleinen Bach erfrischen."

Marco nahm sich auch eine Cola. Auf seiner Nase glänzten Schweißperlen.

„Da ist selbst Tabby erledigt", zeigte er lächelnd auf den Welpen, der alle Viere von sich gestreckt auf dem Fliesenboden lag. „Hast du mit Dr. Arnold noch mal gesprochen?", fragte er seine Freundin.

„Ja, vorhin. Er will den Hund so schnell wie möglich abgeben und würde am Sonnabend auf den Darß kommen", antwortete Julia und zu Jill und Sina gewandt: „Ihr wisst, der Zwingerhund aus Krampnitz. Es ist eine Golden Retrieverhündin, noch kein Jahr alt. Der Hund kann nichts, hat nur im Zwinger gelebt, kennt keine Menschen, keine anderen Hunde. Wahrscheinlich ist er nicht einmal gebürstet, geschweige denn gestreichelt worden."

„Kommt sie zu euch?", fragte Jill gespannt dazwischen.

„Nein." Julia schüttelte den Kopf. „Das geht nicht, leider. Wir sind mit den Pferden und unseren Reitschülern ziemlich ausgelastet. Wenn wir einen Hund dazu nehmen, muss er unkompliziert und unbelastet von schlechten Erfahrungen sein. Er muss offen gegen Menschen und Hunde sein und einfach in unseren Tagesablauf hineinwachsen, wie die kleine Tabby. Die Zwingerhündin dagegen braucht ein oder zwei Bezugspersonen, die sich intensiv mit ihr beschäftigen."

„Wir haben gestern noch lange darüber gesprochen. Bei uns müsste sie sich mit allem gleichzeitig auseinandersetzen", stimmte Marco ihr zu. „Fremde Menschen, viele Hunde, ein Welpe im Haus, Pferde, ständig Trubel – das kennt die Hündin alles nicht. Wir haben Hochsaison auf unserem Hof, müssen uns um die Reitschüler kümmern und haben einfach nicht die Zeit, einen verunsicherten Hund langsam an alles heranzuführen. Aber wir haben schon eine sehr gute Lösung gefunden", tröstete er die Mädchen, die bei seinen Ausführungen ganz traurig geworden waren.

„Wir haben ein Ehepaar", erklärte Marco weiter, „das zwei Pferde in unserem Stall stehen hat. Susanne und Thomas heißen die beiden, sehr nette Leute. Sie hatten zwei Golden Retriever, eine Hündin und einen Rüden. Die Hündin Ella ist vor einigen Wochen gestorben, und alle vermissen sie schrecklich. Als Susanne und Thomas gestern zu ihren Pferden kamen, habe ich ihnen die Geschichte erzählt. Susanne wäre am liebsten gleich nach Krampnitz gefahren, um den Hund da weg zu holen. Für Susanne ist jeder Zwinger, egal wie groß, ein Gefängnis."

Ein neues Zuhause
für den Zwingerhund

„Für mich auch", unterbrach Julia. „Zwinger bedeutet lebenslänglich. Ohne Chance auf ein Entkommen, grausig. Müsste verboten werden, wenn es nach mir ginge."

„Jedenfalls ist auch Susannes Mann dafür, den Hund aufzunehmen", redete Marco weiter. „Er rief mich heute früh an. Ich habe ihm die Telefonnummer von ihrem Besitzer, Dr. Arnold, gegeben und scheinbar sind sie sich einig geworden. Dr. Arnold kommt also am Sonnabend her und bringt die Hündin gleich mit."

Julia nickte zur Bestätigung. „Er hat mich vorhin auch angerufen und sich für unsere Hilfe bedankt. Er hat mir erklärt, wie es zu der Situation mit dem Hund kam. Seine Frau hat ihn letztes Jahr verlassen und ist mit den Kindern ausgezogen. Den Hund konnten sie in die neue Wohnung nicht mitnehmen."

„Ich würde nie in eine Wohnung ziehen, in die ich meinen Hund nicht mitnehmen darf", erklärte Jill im Brustton der Überzeugung.

„Verstehe ich auch nicht", stimmte Julia ihr zu. „Aber vielleicht war der Mutter alles zu viel. Sie wollte sich neben allem nicht auch noch um einen jungen Hund kümmern müssen."

„Zumal sie die Hündin noch nicht erzogen hatten. Sie konnte nicht alleine bleiben und hat im Haus ziemlich viel kaputt gemacht", gab Marco das Telefonat mit Dr. Arnold wieder. „Die einzige Lösung schien ihm zu sein, den Hund in seiner Abwesenheit im Zwinger zu lassen."

„Aber warum hat er nicht eine neue Familie für die Hündin gesucht?", fragte Julia unwirsch. „So viel Zeit wird er doch wohl gehabt haben."

„Vielleicht wollte er den Kindern das Gefühl geben, dass sich in ihrem alten Zuhause nichts ändern würde. Der Hund sollte auf sie warten, genauso wie ihr Baumhaus und ihre Zimmer so bleiben sollten, wie sie waren. Der Mann hat einfach gehofft, dass seine Familie wieder zurückkommen würde. Ich verstehe das sogar irgendwie", schloss Marco.

„Ich kein bisschen", rief Sina so heftig aus, dass die anderen sie ganz erschrocken anschauten. „Warum muss immer jemand darunter leiden, wenn Eltern sich streiten?"

Julia und Marco warfen sich einen Blick zu. Sprach Sina jetzt von sich? „Schatz, es kommt immer mal vor, dass Eltern sich streiten", sagte Julia. „Und meistens vertragen sie sich dann ja auch wieder. Streitest du dich nie mit deinen Freunden?"

„Anders", antwortete Sina. „Das ist nicht so ernst. Wenn Mama und Papa böse aufeinander sind, dann richtig doll. Mama will dann am liebsten ausziehen und mich und Niklas mitnehmen. Niklas und ich wollen aber nicht. Wir wollen, dass wir weiter eine Familie sind und alle zusammen in Krampnitz wohnen bleiben." Sie verstummte.

„Manchmal sagt man Dinge im Streit, die man nicht so meint", versuchte Marco Sina zu beruhigen. „Hinterher bereut man dann sehr, was man gesagt hat. Bist du nicht auch manchmal zu deinen Eltern gereizt oder ungeduldig, wenn du Ärger in der Schule hattest? So wie ich deinen Papa verstanden habe, hat er beruflich gerade richtig viel Stress."

„In unserer Familie trennt man sich nicht so schnell", sagte Julia tröstend und gab Sina einen Kuss auf die Stirn. Sinas Vater war ihr Bruder und sie wusste, wie sehr er an seiner Familie hing. „Weißt du, dass deine Großeltern schon über 50 Jahre zusammen sind?"

„Wow, das ist ja fast das ganze Leben", rechnete Sina schnell nach. „Dann haben sie sich mit 15 Jahren kennengelernt?"

Julia nickte. „Ja. Sie waren Klassenkameraden. Und sie sind noch immer glücklich. Jedes Paar hat seine Krisen, aber deine Eltern werden sich gewiss nicht trennen."

Hoffentlich nicht, dachte Julia, aber sie hatte ihr Ziel erreicht: Sina war von ihren bedrückenden Gedanken abgelenkt worden und überlegte gerade mit Jill, ob es in ihrer Schule auch solche tollen Jungen gab, mit denen man in 50 Jahren noch verheiratet sein könnte?

„Ich bin ja ganz froh, dass man sich in eurer Familie nicht so schnell trennt", witzelte Marco und küsste Julia in den Nacken. „Sonst müsste ich mich um 30 Pferde, einen Haufen anspruchsvoller Reiter und zwei wilde Hunde ganz alleine kümmern. Oder würdet ihr Mädchen mir dann wenigstens helfen?", fragte er mit gespielter Leidensmine.

„Oh ja, super gerne!", riefen Jill und Sina, und Marco hob eine nach der anderen kurz in die Luft. „Klasse Mädchen! Hiermit seid ihr beide schon jetzt fest eingestellt."

Lachend verließ er die Küche und Louis schoss hinter ihm her. Als Tabby es ihm gleichtun wollte, nahm Julia sie auf den Arm. „Männerarbeit", sagte sie augenzwinkernd und deutete durch das Küchenfenster auf Marco und Louis, die gerade zu den Ställen gingen. Marco trug den Werkzeugkoffer und der Collie ganz stolz einen kleinen Hammer in seiner Schnauze.

Julia sagte den Reitunterricht wegen der anhaltenden Hitze für den Abend ab. Dann brauchten die für die Reitstunde vorgesehenen Pferde auch nicht länger in ihren Boxen zu bleiben. Jill und Sina bekamen die Aufgabe, die Pferde nacheinander auf die Weide zu reiten. Jill fand das aufregend. Sie hatte noch nie ohne Sattel auf einem Pferd gesessen. Mit Sattel und Steigbügeln schien es ihr sehr viel leichter, gut und sicher zu sitzen.

Als sie alle zwölf Pferde zur Weide gebracht hatten, kam Julia mit Tabby dazu. Der Welpe freute sich unbändig, die

Mädchen wiederzusehen und sprang abwechselnd an ihnen hoch. Jill und Sina knuddelten das Hundebaby und kraulten ihren Bauch, der noch völlig nackt war. Dort bekommen junge Hunde erst später Fell.

Julia und die Mädchen lehnten sich an das Gatter und sahen zu, wie sich Onassis ausgelassen in einer staubigen Senke wälzte und vor Wohlbefinden schnaufte. Merlin dagegen war in den Bach gewatet und schaute gedankenverloren dem träge fließenden Wasser nach. Seine Freundin Amira, eine zierliche Welshstute, war bei ihm. Sie scharrte heftig mit ihrem Huf, und das Wasser spritzte bis an ihre Brust.

Opas alter Kummer

Ein paar Stunden später genoss auch Jill die Abkühlung im Meer. Die Geschwister ließen sich von den Wellen tragen, tauchten unter ihnen durch und schmeckten das Salz auf ihren Lippen. Es war jetzt gegen Abend noch immer so heiß, dass sich Jill und Lucas von der Sonne trocknen lassen konnten.

„So eine anhaltende Hitzeperiode hatten wir schon lange nicht mehr", stellte Opa fest. Lucas, der in den letzten Tagen schon sehr braun geworden war, räkelte sich im warmen Sand und antwortete: „Von mir aus könnte es immer so bleiben. Kein Schulstress, keine kalten dunklen Tage, kein Winter, super."

„Du kannst ja später mal im Süden leben, wenn du dir den entsprechenden Beruf aussuchst", antwortete Oma. Es klang sehnsüchtig.

Jills Bruder horchte auf. „Hättest du gerne anders gelebt?", fragte er interessiert.

„Eure Großmutter hat mehrere Semester Kunstgeschichte in Perugia studiert. Perugia ist eine Universitätsstadt in Italien. Dort gab es einen Dozenten, einen Italiener, der ihr einen Heiratsantrag gemacht hat", erklärte Opa brummig. Seine gute Laune von vorhin war verflogen.

„Wow und was war mit dir, Opa?", fragte Lucas gespannt. „Hast du dich mit ihm um Oma geprügelt?"

„Nein", sagte seine Großmutter. „Ich habe es eurem Opa nicht erzählt. Erst später, als euer Vater geboren wurde. Es war meine Entscheidung, wie ich mein künftiges Leben verbringen wollte. Und mir wurde in Perugia klar, dass ich euren Opa liebte und niemand anderen."

Überrascht schauten die Geschwister auf ihre Großeltern. Um ein Haar wären die beiden also gar kein Paar geworden.

„Dann hätte es uns nicht gegeben, wenn du den Italiener geheiratet hättest", hakte Lucas weiter nach, doch Opa unterbrach ihn.

„Ich möchte nicht mehr darüber reden", sagte er ernst. „Lasst uns nach Hause gehen."

Jill spürte seine Traurigkeit und nahm seine große Hand. Seite an Seite stapften sie durch den Sand und gingen barfuß über den Weg aus Holzplanken, den Jill so liebte. Der Holzplanken-Weg endete an einem kleinen Waldpfad, der sich an Omas und Opas Haus vorbeischlängelte.

„Oma hat dich sehr lieb", flüsterte die Zwölfjährige ihrem Opa zu, und er drückte ihre Hand.

„Natürlich, Jill, das hat sie. Wir haben uns beide sehr lieb. Aber ich denke trotzdem sehr ungerne daran, dass meine Frau fast die Frau eines italienischen Kunstdozenten geworden wäre."

Dann drehte er sich zu seiner Frau um, die mit Lucas hinter ihnen herkam. „Verzeih mir, Sophie", sagte er, „dass ich so ungehalten war. Aber du weißt: Ich bin eifersüchtiger, als es ein Italiener je sein könnte."

Oma gab Opa einen Kuss. „Ich hätte nie anders leben mögen, das weißt du genau. Zumal deine Pizza nicht schlechter ist als von einem Italiener", setzte sie ihn liebevoll foppend hinzu.

Wie jeden Abend wollte Jill auch heute ihren Freundinnen eine Whatsapp-Nachricht schicken. Doch es war so viel passiert. Was sie sagen wollte, passte selbst nicht in eine Sprachinfo. Jill trat auf ihren kleinen Balkon. Sie hörte das Meer, sah die Wellen vor sich, wie sie zum Strand hin ausrollten und sich dann wieder zurückzogen im ewig gleichen Rhythmus.

Wo Maxi und Jenny in diesem Moment wohl waren? Schliefen sie schon? Was hatten die beiden in den vergangenen Tagen erlebt? Jill beschloss, Maxi und Jenny jetzt noch nichts von den Welpen, die das Ehepaar Pohlenz so schnell abgeben wollten, zu erzählen. Und so schrieb sie nur an ihre Freundinnen: „Merlin ist cool. Das Reiten ist der absolute Hit. Auf Julias Pferdehof haben wir jetzt einen Berner Sennenhundwelpen. Er ist super süß. Bei euch alles gut? Liebe Grüße, Jill."

Als sie schon im Bett lag und eben ihr Handy ausschalten wollte, klingelte es.

„Jill, schläfst du schon?" Es war Sina. „Weißt du, wer gerade hier auf den Anrufbeantworter gesprochen hat? Die Tierärztin Dr. Zietke. Sie hat gesagt, den Welpen können wir behalten, den Impfpass schickt sie uns zu und außerdem ihre Bankverbindung. Auf das Konto soll Julia dann sofort 1500 Euro überweisen. Mehr Infos gab es nicht. Keine Frage nach Tabby, nichts. Sie sagte nur noch, Julia bräuchte nicht bei den Züchtern anzurufen, der Anschluss sei gesperrt. Und bei ihr bräuchte sie sich auch nicht mehr zu melden, sie müsste dringend verreisen. Wollte ich dir nur schnell sagen. Bis morgen, gute Nacht!"

Jill war überhaupt nicht zu Wort gekommen, aber das kannte sie schon an ihrer neuen Freundin. Wenn Sina aufgeregt war, ließ sie ihr Gegenüber kaum antworten. Jenny aus Potsdam hatte manchmal auch solche Phasen, in denen sie ihre Freundinnen, Jill und Maxi, nicht ausreden ließ und laufend unterbrach. „Überdreht", nannte Mama das.

„Oh Marco, ich freue mich so. Dann gehört Tabby jetzt zu uns!" Jill fiel Marco um den Hals, als sie ihn am nächsten Morgen als ersten auf dem Pferdehof antraf.

„Zwar noch nicht ganz, aber fast", antwortete Marco ihr lächelnd.

„Guten Morgen, Jill", rief Julia, die gerade aus dem Stall kam. Sie wurde von Louis und Tabby begleitet, die nun beide erst mal Kurs auf Jill nahmen. Sie hockte sich auf den Boden und ließ sich von den Hunden ausgiebig begrüßen. Lachend wehrte sie den Welpen ab, der wie üblich auf ihre Schultern zu klettern versuchte. Die Zähne der Kleinen waren ganz schön spitz, wie Jill wieder einmal feststellte.

„Was machen wir denn jetzt?", hörte Jill eben Julia fragen. „Die Tierärztin wollte uns den Impfpass von Tabby schicken und eine Bankverbindung nennen. Ich kann doch aber nicht einfach 1500 Euro auf ein Konto überweisen, ohne einen Nachweis über den Kauf zu bekommen. Dr. Zietke müsste mir doch unterschreiben, dass ich den Welpen zu dem Preis erwerbe und er damit rechtmäßig mir gehört. Oder sehe ich das falsch?"

„Aber was befürchtest du denn? Dass sie eines Tages vor der Tür steht und Tabby zurückhaben möchte?", wunderte sich Marco. „Wir hätten doch dann den Nachweis, dass wir das Geld auf das betreffende Konto überwiesen haben."

Julia nickte. „Das schon. Aber das ganze Verhalten in dieser Angelegenheit ist so …". Sie suchte nach Worten.

„Kriminell?", fragte Jill gespannt. „Glaubt ihr, das ist eine Kriminelle?" Wie aufregend. Mit Kriminellen hatte sie noch nie zu tun gehabt, die kannte sie nur aus Krimis.

„Ich weiß nicht, ob gleich kriminell. Schauen wir mal, was sie uns zuschicken wird." Julia wandte sich zum Gehen. „Jill, mach deinen Merlin fertig. Es ist gleich 9.00 Uhr. Die anderen Mädchen und Jungen haben ihre Pferde schon aus den Boxen geholt. Du führst die Abteilung heute an. Traust du dir das zu?"

„Klar", rief Jill. In Wirklichkeit war allerdings gar nichts klar. Die Abteilung anführen. Das hatte sie noch nie gemacht.

Welche Hufschlagfiguren gab es doch noch gleich? Zirkel, Volte, durch die ganze Bahn wechseln?

„Merlin, hilfst du mir?", flüsterte Jill Merlin ins Ohr. Doch der Haflinger war mehr an den Äpfeln interessiert, die aus Jills Stofftasche auf die Stallgasse gekullert waren. Er scharrte mit den Hufen und schnaubte.

Etwas nervös führte Jill den gestriegelten Merlin auf den Sandplatz. Doch sobald sie im Sattel saß, war die leichte Anspannung verflogen. Voller Freude gab sie sich der geschmeidigen Bewegung des Haflingers hin.

Nach dem Reitunterricht halfen die beiden Mädchen dem Pferdepfleger Alex beim Ausmisten der Boxen.

„Puh, ist das anstrengend", stöhnte Sina und wuchtete eine volle Mistgabel in die Schubkarre.

„Und das bei annähernd 30 Grad im Schatten. Wir müssen verrückt sein." Jill lachte. „Sagt mein Bruder auch, der würde im Leben keinen Stall ausmisten. Nimmst Du Elfenkönig morgen für den Abendausritt?", wechselte Jill das Thema.

„Nein." Sina schüttelte den Kopf. „Julia hat Angst, dass Elfenkönig die Gruppe mit seiner Schreckhaftigkeit nervös macht. Ich soll Onassis nehmen, du weißt, das ist der Rappe mit Nerven aus Stahl, wie Marco immer sagt."

Heimliche Beobachter

„Du bist allerdings auch ziemlich cool", meinte Jill bewundernd und dachte dabei an die Schrecksekunde in der Reitstunde, als Elfenkönig plötzlich buckelnd an allen Pferden vorbeigeschossen war. Sina hatte sich schnell in der Schlaufe festgehalten, die vorne am Sattel verläuft, und gleichzeitig den Innenzügel fester angezogen. Dadurch war es Elfenkönig nicht möglich, ungehindert weiter zu galoppieren, er musste auf den Zug des linken Zügels reagieren und immer kleinere Kreise laufen. Schließlich hatte Sina den erregten Wallach so zum Stehen gebracht.

„Was war los bei euch?", hatte Julia besorgt gefragt und Sina gebeten, abzusteigen. Offenbar gab es an der Sandbahn eine Stelle, die den Fuchs in Panik versetzt hatte. Julia schwang sich in den Sattel, schlug die Steigbügel über und führte Elfenkönig mit beharrlichem Schenkeldruck in die besagte Ecke. Immer wieder wich das Pferd zurück, wollte einen Bogen laufen oder brach zur Seite aus.

„Ich verstehe das nicht", rief sie ihren Schülern zu. „Habt ihr dort irgendetwas beobachtet? Warum hat Elfenkönig genau hier so eine Angst und eure Pferde nicht?"

Die Mädchen und Jungen schüttelten den Kopf, keiner konnte sich das Verhalten des Pferdes erklären. Julia gab Sina die Zügel. „Magst du wieder rauf oder traust du ihm nicht mehr?"

Sina lachte. „Aber doch nicht wegen so einer Kleinigkeit." Und schon saß sie wieder im Sattel und reihte sich in die Abteilung hinter Kosak ein, den heute Mia aus Warnemünde ritt.

„Pass bloß auf ihn auf", sagte sie nervös. „Nicht, dass Kosak auch noch so ein Theater macht." Sina verdrehte die Augen.

„Fragt sich, wer hier Theater macht", murmelte sie in sich hinein und grinste Mia frech an. „Vielleicht fängst du noch mal mit Voltigieren an?", provozierte sie die Gleichaltrige.

„Sina, Mia, Schluss jetzt", schaltete sich Julia streng ein. „Sina, geh du bitte mit Elfenkönig an das Ende der Abteilung und du, Mia, konzentriere dich auf dein Pferd." Während Jill und Sina sich die Einzelheiten der Reitstunde in Erinnerung riefen, hatten sie sich von Box zu Box durchgearbeitet.

„Hey, macht Schluss für heute", rief Marco den Mädchen zu, als er von Tabby begleitet den Stall betrat. „Ganz herzlichen Dank, dass ihr so großartig geholfen habt. Julia hat gekocht und für uns hinten im Kräutergarten gedeckt. Geht schon mal vor, ich bringe nur noch die volle Schubkarre auf den Misthaufen."

„Na, Tabby, kommst du mit uns oder hilfst du Marco?", fragte Sina lockend. Doch der kleine Welpe blieb verdutzt sitzen. Jetzt gingen seine Menschen in verschiedene Richtungen, wem sollte er da folgen? Jill setzte sich in die Hocke und schnalzte leicht mit der Zunge – und Tabby kam angesaust. „Die mag dich echt gerne", meinte Sina und sah lächelnd zu, wie Tabby spielerisch nach Jills Händen schnappte.

„Sie wird mir fehlen, ach, einfach alles hier", erwiderte Jill und machte eine Armbewegung, die den ganzen Pferdehof umfasste.

„Aber wir sind doch noch über fünf Wochen da", entgegnete Sina erstaunt. „Was machst du dir da jetzt schon Gedanken?"

Konnte man seine Familie in Potsdam lieben und gleichzeitig andere Menschen so gerne haben, dass es sich wie zu Hause anfühlte? Verunsichert setzte sich Jill an den gedeckten Tisch. Ob sie mal Oma fragen sollte, wie es bei ihr damals in

Italien gewesen war? Hatte sie sich bei diesem italienischen Künstler *und* bei Opa zu Hause gefühlt?

„Na, wie findet ihr meinen Kräutergarten?", fragte Julia, die mit einer großen Schüssel Spaghetti aus der Küche kam und an den Tisch im Freien trat.

„Kann man das alles essen?", wunderte sich Sina und zeigte auf die Kräuter, die in mehreren Reihen dicht an der Hauswand wuchsen. Der Wand gegenüber blühten Rosen in den verschiedensten Farben, dazwischen war Lavendel gepflanzt.

„Ja", sagte Julia. „Und jedes Kraut schmeckt anders und wird nur für ganz bestimmte Gerichte verwendet. An meine Spaghettisauce mit Tomaten, Oliven und etwas Fleisch hätte zum Beispiel Melisse nicht so gut gepasst, dafür aber Basilikum oder Thymian. Schmeckt ihr heraus, was ich verwendet habe?"

Sina probierte und schüttelte den Kopf. „Es schmeckt so, wie es in Restaurants manchmal riecht", sagte sie zögernd.

„Dann meinst du wahrscheinlich eher Knoblauch, ich habe eine Zehe dazu getan", antwortete Julia. Sie stand auf, brach von einigen Kräutern kleine Zweige ab und setzte sich wieder an den Tisch.

„Zerreibt diese Blätter und Nadeln mal zwischen euren Fingern und vergleicht den Geruch mit dem Geschmack der Sauce." Bohnenkraut, Melisse und Petersilie legten die Mädchen gleich zur Seite.

„Könnte Rosmarin oder Thymian sein", stellte Jill fest und Julia nickte. „Thymian, genau, und Basilikum habe ich noch verwendet, den kennt ihr bestimmt."

„Tomate, Mozzarella und Basilikum", ergänzte Sina, „das isst Mama so gerne, manchmal jeden Abend."

„Ziemlich einseitig", wollte Julia gerade sagen, doch ein warnender Blick von Marco hielt sie ab. „Wie war der Reitunterricht heute Morgen?", wechselte er das Thema.

„Ach richtig, das wollte ich unbedingt mit dir besprechen", erinnerte sich Julia und beschrieb, wie Elfenkönig sich plötzlich geweigert hatte, an der hinteren Ecke des Sandplatzes vorbeizulaufen.

„Kann ich mir auch nicht erklären", antwortete Marco. „Aber Elfenkönig neigt ja zur Schreckhaftigkeit. Lasst uns nachher mal nachschauen, ob es irgendetwas geben könnte, was ihn an der bestimmten Stelle so nervös werden lässt. Vielleicht hat sich Papier oder eine Folie in den Büschen verfangen."

Als sie wenig später mit den Hunden den Sandplatz abliefen, sahen sie allerdings nichts Ungewöhnliches. Marco zuckte die Schultern und wandte sich zum Gehen. Doch dann fiel sein Blick auf Tabby. Der Welpe hatte etwas gefunden und trug es stolz vor sich her.

„Was hat sie da?", fragte Julia die anderen und machte einen Schritt auf die kleine Berner Sennenhündin zu, aber die schoss mit ihrer Beute im Maul davon, wälzte sich, sprang in die Luft und quietschte vor Vergnügen.

„Louis hol die kleine Verrückte mal zurück." Marco wies mit seinem Arm in Tabbys Richtung und zeigte mit seiner Körperhaltung dem Collie, was er von ihm erwartete. Louis war in wenigen Sätzen bei Tabby, schob seine Schnauze an ihre und gab ein feines Knurren von sich. Als der Welpe nicht reagierte, öffnete der Collie seinen Fang und schien in die Nase der Kleinen zu beißen. Tabby winselte schrill und ließ ihr Fundstück fallen.

„Die arme Tabby", rief Jill erschrocken aus. „Warum beißt Louis sie denn?"

„Das tut er nicht", beruhigte Julia die beiden Mädchen, denn auch Sina war ganz blass geworden.

„Das ist ein typisches Verhalten von Hunden", schaltete sich Marco ein. „Der ältere Hund maßregelt einen jüngeren."

„Was meinst du mit maßregeln?", fragte Sina und Julia antwortete:

„Wenn ein junger Hund etwas tut, was er nicht soll, erklären ihm seine Eltern das auf ihre Weise. Entweder wenden sie den Schnauzengriff an, den ihr gerade gesehen habt, oder sie werfen ihren Nachwuchs auf den Rücken. Diese Unterlegenheitsgeste von Hunden habt ihr bestimmt schon einmal gesehen. Der Schwächere liegt auf dem Rücken und der Stärkere könnte ihn nun beißen, ja, sogar töten. Das würde ein gut sozialisierter Hund aber nie tun. Ein gut sozialisierter Hund ist ein Hund, der ein korrektes, also ein nicht grundlos aggressives Hundeverhalten zeigt."

„Wow", sagte Sina, „interessant. Und es hat gewirkt. Schaut mal: Tabby hat ihre Beute Louis gegeben und leckt ihm sogar die Schnauze."

„Das wiederum gehört zu den Beschwichtigungssignalen", ergänzte Julia. „Wenn euch das Hundeverhalten interessiert, dann gebe ich euch nachher ein Sachbuch dazu. Jeder, der einen Hund halten will, sollte sich mit dem Verhalten von Hunden auskennen, dann wären die Tierheime nicht so voll. Ihr kennt ja meine Meinung dazu."

Inzwischen hatte Marco Tabbys Beute in Augenschein genommen. „Eine Zigarettenschachtel", sagte er enttäuscht, „und deswegen das ganze Theater."

„Aber wie kommt die dahin? Wer raucht denn bei dieser Hitze im Feld? Der Boden ist doch total ausgetrocknet. Und dann noch so dicht an unseren Ställen", sagte Julia alarmiert und ging noch einmal in die Ecke, die Elfenkönig so erschreckt hatte. Sie kniete sich auf die Erde und schob an einigen Stellen den Sand zur Seite. „Zigarettenkippen! Sechs, sieben, ach was, zwölf liegen hier", rief sie empört. Marco trat neben sie.

„Man sieht unseren gesamten Hof", stellte er fest. „Die Ställe, den Eingangsbereich unseres Hauses und jeden Besucher, der durch das Tor kommt."

Julia horchte auf. „Ach, du meinst, da hat jemand uns beobachtet? Ich dachte eher an Touristen, die sich verlaufen hatten." Marco schüttelte den Kopf.

„Nein, das glaube ich nicht. Die einzige Straße, die unten von der Hauptstraße abzweigt, ist die zu unserem Hof. Wer hier gestanden hat, ist durch die Felder gelaufen. Ohne festen Weg. Denn der Feldweg führt dort hinten lang. Wer hier gestanden hat", wiederholte er, „wollte etwas sehen, aber selbst nicht gesehen werden."

„Hey, wisst ihr was?", unterbrach Sina das unbehagliche Schweigen, das sich nach Marcos Worten ausgebreitet hatte. „Der oder die Typen haben nach Tabby gesucht." Die anderen schauten sich überrascht an.

„Könnte was dran sein", meinte Marco. „Aber warum haben sie nicht bei uns geklingelt und nachgefragt? Und was hätten sie gemacht, wenn sie Tabby gesehen hätten? Hätten sie die Kleine einfach gepackt und mitgenommen?"

Trotz der Hitze spürte Jill ein Frösteln. Sie kuschelte sich an Julia. „Meinst du, die beobachten uns jetzt auch?", flüsterte sie und sah sich nervös um.

„Nein, das würde Louis sofort merken", beruhigte Marco die Zwölfjährige. „Außerdem hat es hier noch nie derartige Vorfälle gegeben. Keinen Einbruch, keinen Diebstahl. Zur Sicherheit können wir aber heute Nacht die Beleuchtung auf dem Hof anlassen und in den dunklen Ecken Bewegungsmelder installieren. Alex soll sich gleich darum kümmern."

„Und den Rest", schließt Jill ihre Geschichte, „kennt ihr ja. Ich bin gegen 18.00 Uhr mit dem Fahrrad vom Hof losgefahren. An einer Ampel auf der Rostocker Straße, an der man immer so lange auf Grün warten muss, ist mir das Auto mit den Welpen aufgefallen."

Sie sah die Situation noch genau vor sich: Während sie mit einem Fuß auf dem Bordstein ihr stehendes Fahrrad ausbalancierte, hielt links neben ihr ein Wagen. Jill wandte erst den Kopf, als sie ein leises Winseln hörte. Von ihrer etwas höheren Position auf dem Fahrrad konnte sie direkt in den Kofferraum schauen. Jill sah mehrere Käfige, in denen Welpen gegen die Gitter sprangen und aufgeregt jaulten.

Plötzlich hatte sich der Beifahrer nach hinten gebeugt und mit der flachen Hand an den Rücksitz geschlagen. „Ruhe", brüllte er und dann schaltete die Ampel um. Schon bei Gelb fuhr der Fahrer los und Jill folgte ihm. Sie konnte nur deswegen an ihm dranbleiben, weil das Auto wegen eines Treckers, der den Verkehr auf der Rostocker Straße behinderte, nicht schnell fahren konnte.

„Wieso denn Rostocker Straße?", unterbricht Lucas ihre Gedanken. „Das ist doch gar nicht dein Weg, wenn du aus Hirschburg kommst!"

Jill stöhnt. „Warum musst du immer alles so genau wissen? Ist doch egal, auf welcher Straße ich stand."

„Nein, ist es nicht. Du hättest vom Reiterhof direkt nach Hause kommen sollen. Von der Ribnitzer Straße in den Seesternweg 7. Warum machst du immer genau das, was du nicht sollst?", erwidert ihr älterer Bruder scharf. „Dann hätten wir alle genau dieses Problem nicht."

Mit krimineller Energie

„Aber dann, Lucas", schaltet sich Dr. Berghoff ein, „hätten wir auch nicht erfahren, dass es in Graal-Müritz eine Welpenmafia gibt. Wahrscheinlich wäre das Geschäft mit den Hundebabys noch ewig so weitergegangen. Es wären immer wieder Welpen, vielleicht aus Polen oder anderen osteuropäischen Ländern, in das einsame Waldhaus gebracht worden, ohne dass es jemandem aufgefallen wäre. Und die Kleinen hätte man, wie Jill es uns ja eben beschrieben hat, unter Vorspiegelung falscher Tatsachen verkauft. Die Mitleidsschiene zieht immer: Armes altes Züchterehepaar erkrankt und muss sich von seinen geliebten Hunden trennen."

„Das würde allerdings auffallen, wenn immer wieder dieselben Anzeigentexte in der Zeitung oder im Internet erschienen", gibt Lucas zu bedenken.

„Klar, da hast du recht", antwortet der Tierarzt. „Dieselbe Geschichte geht nicht hintereinander in einem kleinen Ort wie Graal-Müritz."

War die alte Frau Pohlenz nur eine Kontaktperson für den Bereich Mecklenburg-Vorpommern oder spielte sie eine noch größere Rolle in dem lukrativen Geschäft mit Welpen, fragt er sich. Christian Berghoff erinnert sich an eine Dokumentation vor einigen Monaten im Fernsehen, die einen Abriss über den weltweiten Handel mit Welpen gegeben hatte.

Ein straff organisiertes Geschäft mit mafiösen Strukturen, hatte der Sprecher gesagt. Die Gewinnspannen waren enorm, vor allem auch deswegen, weil alle Kosten rund um die Hundezucht so gering wie möglich gehalten wurden. Für die Hunde bedeutete dies: elende Lebensbedingungen, schlechtes Futter und keine tiermedizinische Versorgung.

Die Hündinnen brachten in düsteren Verschlägen Wurf um Wurf zur Welt, bis sie völlig ausgelaugt waren. "Nutzlose" Hunde wurden dann entweder auf der Straße ausgesetzt oder getötet. Die Welpen wurden ihren Müttern viel zu früh, oft mit vier oder fünf Wochen, fortgenommen. Zu diesem Zeitpunkt hatten sie noch kein leistungsfähiges Immunsystem aufgebaut und auch das wichtige Sozialverhalten im Umgang mit anderen Hunden nicht erlernt. Die meisten Hundevermehrer, wie eine dazu geschaltete Tierschutzorganisation die Züchter nannte, kamen aus Osteuropa und transportierten ihre lebende Ware hauptsächlich nach Österreich, Deutschland und Frankreich.

Wenn solch ein Wagen mit übereinander gestapelten Käfigen durch Zufall von der Polizei angehalten wurde, bot sich den Beamten meistens ein Bild des Jammers: Hundebabys aller Rassen, dicht gedrängt in verschmutzten Käfigen, einige krank oder schon gefährlich geschwächt. Hatte der Fahrer nicht die vorgeschriebenen Papiere dabei oder waren die Kleinen augenscheinlich unter acht Wochen alt, konnte die winselnde Fracht beschlagnahmt werden. Doch die meisten Transporte mit ihren vielen Welpen unterschiedlichster Rassen fuhren unbehelligt durch Österreich und Deutschland, weil die Polizei mit der Kontrolle einfach nicht hinterherkam.

„Um den Welpenhandel einzudämmen, brauchen wir Gesetze und einen strengen Vollzug. Hier ist die Politik gefordert. Als erste Maßnahme muss der Verkauf von allen Tierarten über das Internet verboten werden. Kein Angebot, keine Nachfrage auf diesem Weg", sagt der Tierarzt mehr zu sich selbst als an die Geschwister gerichtet.

„Was ist am Internet-Verkauf so schlimm?", fragt Lucas. „Wir bestellen ziemlich oft Sachen bei Amazon."

„Eben, Sachen!", antwortet Christian Berghoff. „Die Anschaffung eines Hundes ist etwas anderes als der Kauf eines

Computers bei einem unbekannten Händler. Wer einen Welpen bei sich aufnehmen möchte, muss das Umfeld kennenlernen, in dem er zur Welt kam. Wie ist das Verhältnis der Züchter zu der Mutterhündin? Ist es liebevoll, vertraut die Hündin ihren Menschen oder zeigt sie Anzeichen von Angst? Wo wurden die Kleinen geboren und wie gehalten? Wohnt die Hundemutter mit ihrem Nachwuchs im Haus, hat sie Kontakt zu allen Familienmitgliedern oder lebt sie mit ihren Jungen isoliert im Zwinger?"

Jill nickt. Das weiß sie schon von Julia, wie wichtig die guten Aufzuchtbedingungen für das spätere Leben eines Hundes sind. Es klingelt an der Haustür.

„Oma und Opa sind da", ruft sie erfreut aus. Nach der Begrüßung wendet sich Ralph Gallinat an seine Enkel:

„Ich kann mir wirklich keinen einzigen Grund vorstellen, was ihr beide hier in der Tierarztpraxis macht. Wahrscheinlich seid ihr während unserer kurzen Fahrt nach Rostock Hundebesitzer geworden."

Er lacht über seinen Witz. Doch ein Blick in die ernsten Gesichter der anderen lässt ihn verstummen.

Dr. Berghoff fasst zusammen, was er vorhin von Jill und Lucas erfahren hat.

„Wir wissen allerdings nur", schließt er seinen Bericht, „dass die alte Frau Pohlenz viele Welpen mehrerer Rassen offenbar aus Polen bekommen hat. Ob sie dann für ihren Verkauf zuständig ist oder die Tiere nur für einige Zeit bei sich unterbringt, ist uns nicht klar. Für uns stellt es sich aber so dar, als seien Kriminelle am Werk. Der Transport von so jungen Hunden", Dr. Berghoff zeigt unbestimmt auf die Praxisräume, in denen vorhin die Hovawartwelpen behandelt wurden, „ist gesetzlich verboten. Welpen dürfen erst ab der 15. Lebenswoche innerhalb der EU auf Reisen geschickt werden, egal, ob privat oder für den Verkauf bestimmt. Sind sie jünger als acht Wochen, muss die Mutterhündin dabei sein."

„Hier hätte man also einen gesetzlichen Anhaltspunkt", stimmt Jills Opa ihm zu. „Ich werde morgen meinen Freund Wolfgang anrufen. Er war früher bei der Polizei."

„Was erwartest du denn von ihm?", fragt seine Frau überrascht.

„Na, vollen Einsatz mit Pistolen und Handschellen im Tannenwald von Graal-Müritz", macht sich Lucas lustig. Sein Opa straft ihn mit Blicken. „Ist dir das Schicksal der Tiere so egal?", wundert er sich.

„Nein, natürlich nicht. Ich brauchte jetzt einfach mal eine Auflockerung in dieser ernsten Stimmung", sagt Lucas etwas brummig. Jill kennt die schnellen Stimmungsschwankungen ihres Bruders, ihre Großeltern scheinen sie jedoch immer wieder zu irritieren.

„Wir telefonieren morgen, wie wir weiter vorgehen, okay?", verabschiedet der Tierarzt die Familie Gallinat. Allerdings nicht ohne auch den Hundebabys noch einen Nachtbesuch abgestattet zu haben. Die beiden Welpen schlafen, eng aneinander geschmiegt. Sie haben die Augen geschlossen und ihr Bauch hebt sich im gleichmäßigen Rhythmus des Atems. Jill würde sich am liebsten auf die Erde legen, um den schlafenden Tieren ganz nahe zu sein und weiter auf sie aufpassen zu können.

„Werden sie durchkommen?", hatte Oma den Tierarzt leise gefragt, als Jill sich kaum von den Hundegeschwistern trennen konnte.

„Ich hoffe es. Medizinisch haben wir drei", der Tierarzt schließt Jill und Lucas mit seinem warmen Blick mit ein, „alles Mögliche getan. Morgen bekommen sie noch einmal eine Infusion, warten wir ab, wie sie die Nacht überstehen."

Wer hilft den Welpen
im alten Waldhaus?

„Was für ein aufregender Tag gestern", begrüßt Oma Jill morgens am Frühstückstisch unter dem Apfelbaum. Die Zwölfjährige hat kaum geschlafen. Die halbe Nacht hat sie sich mit ihrer neuen Freundin Sina Whatsapp-Nachrichten geschickt, in denen sie ihr von dem Abenteuer berichtet hat.

„Wahnsinn! Da wäre ich gerne dabei gewesen und hätte euch geholfen", hatte Sina geschrieben und dann noch etwas gefragt, was Jill nicht mehr einschlafen ließ. „Glaubst du, in dem unheimlichen Haus könnten noch mehr kranke Hundebabys sein? Werden sie ohne unsere Hilfe sterben?"

Die Vorstellung schien Jill unerträglich. Die Männer hatten mehrere Käfige mit Welpen transportiert. Wie viele Hunde waren jetzt in diesem Haus bei der alten Frau Pohlenz? 20, 40 oder 60 Hundebabys? Und waren vielleicht wirklich noch mehr kranke Tiere darunter?

Jill hatte ihren Teddy in den Arm genommen und ganz fest an sich gedrückt. Weil sie ohnehin nicht schlafen konnte, hatte sie ihr Deckbett genommen und sich auf den Balkon gelegt, über sich den Nachthimmel. Er war voller Sterne, die Luft weich und gesättigt vom Geruch des Meeres.

Sie schloss die Augen und spürte den warmen Juliwind im Gesicht. Jill fühlte sich in der Dunkelheit geborgen, auch wenn sie noch keine Idee hatte, wie sie den übrigen Welpen helfen konnte. In der Ferne hörte sie das Rauschen der Wellen. Wie großartig muss es sein, immer am Meer zu leben, hatte Jill wieder einmal gedacht und dann waren ihr doch die Augen zugefallen.

„Jill, komm bitte mal ans Telefon", ruft Opa sie am nächsten Morgen vom Frühstückstisch fort.

„Hier ist Wolfgang Huber, ich war früher Polizist und bin der Freund deines Opas", hört sie seine dunkle Stimme. „Er hat mir erzählt, was du gestern für ein unglaubliches Abenteuer erlebt hast. Hast du noch etwas von den Männern belauscht, was uns weiterhelfen könnte? Vielleicht einen bestimmten Tag, an dem wieder Welpen angeliefert werden?", fragt der pensionierte Kriminalist.

„Bitte überlege genau. Stell dir noch mal vor, wie du mit den beiden Welpen im Arm unter dem Busch lagst, was die Männer in dem Moment miteinander geredet haben. Gibt es irgendetwas, das uns einen Anhaltspunkt über ihre Pläne geben könnte?" Seine Stimme klingt drängend.

Wie ein Film laufen die Geschehnisse des letzten Abends vor Jill ab. Wie sie mit ihrem Fahrrad hinter dem Auto hergefahren war, immer bestrebt, im Schutz des Waldes zu bleiben. Dann das plötzlich auf einer Lichtung auftauchende mächtige, alte Haus, von dem gleich etwas Unheimliches ausging. Die Männer, die so grob die Welpen aus den Käfigen gezerrt hatten und mit großen Schritten ins Haus geeilt waren. Der kleinere der beiden Männer hatte den blonden Welpen an die Mülltonne gelegt und den anderen Hund noch dazu. „Hier liegt ihr schon ganz richtig", hatte er mit einem entsetzlichen Lachen gesagt, das Jill noch einen Tag später einen Schauer über den Rücken jagte.

Doch dann fällt ihr etwas ein. Frau Pohlenz hatte, während sie demonstrativ laut das Tor ins Schloss fallen ließ, den Männern etwas zugerufen. „Seid ja pünktlich am Donnerstag."

Diesen Hinweis findet Wolfgang Huber nun sehr interessant. Auf solchen Anhaltspunkt hat er gewartet. „Wann hast du die Männer gestern verfolgt?", fragt er weiter. „Kannst du dich erinnern, wie spät es war? Damit wir annähernd den

Zeitrahmen haben, wann sie am nächsten Donnerstag kommen könnten?"

„Ja", sagt Jill eifrig, „ich weiß noch genau, dass es 18.45 Uhr war, als ich das Auto an der Ampel sah. Ich habe nämlich gehört, wie sich einige Hotelgäste nach der Uhrzeit fragten."

„Woher weißt du, dass es Hotelgäste waren?", fragt der ehemalige Kriminalhauptkommissar überrascht. Die meisten Menschen konnten sich kaum an Details erinnern, wenn sie als Zeuge zu einem Vorfall befragt wurden. Für die Ermittlungsarbeit war das sehr hinderlich, wie er oft leidvoll festgestellt hatte.

„Sie hatten weiße Handtücher mit dem Emblem vom ‚Akzent Hotel Residenz' über dem Arm."

Wolfgang Huber ist beeindruckt. „Du beobachtest sehr genau, danke dir für deine Hilfe."

„Wie geht es denn nun weiter?", fragt Oma gespannt und legt Jill ihr Lieblingsfrühstück – Brötchen mit Honig – auf den Teller. Dazu gibt es heißen Kakao mit Sahne.

Sophie Gallinat streicht ihrer ernst blickenden Enkelin das lange, dunkle Haar aus dem Gesicht. „Liebes, nimm dir bitte das Schicksal der beiden Welpen nicht so sehr zu Herzen. Du hast alles getan, jetzt entscheidet ihr Schutzengel über ihr weiteres Leben."

Doch Jill laufen schon wieder die Tränen über die Wangen. „Aber sie sind noch so klein und haben schon so viel Schreckliches erlebt. Wenn sie jetzt sterben, konnten sie nie erfahren, wie toll so ein Hundeleben sein kann."

„Sie werden auch nicht sterben", sagt ihre Großmutter mit fester Stimme. „Dr. Berghoff ist ein sehr guter Tierarzt. Er weiß, was zu tun ist. Vertraue ihm einfach. Seine Frau hat doch auch Rufus gerettet", fügt sie noch hinzu.

„Sophie, gibt es noch Kaffee?", ruft ihr Mann aus dem Haus. Seine Frau zeigt ihm von weitem die halbvolle

Kaffeekanne. „Wir haben einen grandiosen Plan", triumphiert Ralph Gallinat und reibt sich die Hände.

„Wolfgang wird seine ehemaligen Kollegen am nächsten Donnerstag an verschiedenen Stellen im Wald postieren. Ich werde mich strategisch so verstecken, dass ich jedes Auto sehe, das von der Rostocker Straße in den Teerofenweg einbiegen will. Eigentlich dürfen da ohnehin keine Autos fahren, nur Forstfahrzeuge. Das heißt: Wenn wir dort einen Wagen sehen, dann vermutlich den der Welpenhändler. In dem Augenblick, in dem die Männer die Welpen an Frau Pohlenz übergeben wollen, werden die Polizisten eingreifen. Sie sollen die Papiere, also den Impfausweis und den EU-Heimtierausweis, der für jeden Hund mitgeführt werden muss, kontrollieren, die Personalausweise der Männer, das Alter der Welpen und vor allem ihren Gesundheitszustand." Opa trinkt einen Schluck Kaffee.

Dann fährt er fort: „Während dieser großen Kontrolle am Tor sollen Mitarbeiter des Veterinäramtes an der Haustür klingeln und sich die Welpen zeigen lassen, die gestern angeliefert wurden. Sind es Tiere unter acht Wochen und ohne ihre Mütter, kriegt Frau Pohlenz ein Problem. Übrigens auch, wenn es mehr als fünf Welpen sind. Dann braucht sie eine besondere Genehmigung vom Ordnungsamt, die ihr das Züchten von Hunden erlaubt. Der nächste kritische Punkt könnte sein, dass die Welpen schlecht aussehen, zu dünn, verwahrlost oder eben krank sind. Und natürlich die Haltungsbedingungen. Hält sie die Kleinen im Dunkeln oder zu dicht gedrängt in einer verschmutzten Box, wäre das nicht gut für sie. Gar nicht gut!", setzt er grimmig hinzu.

Donnerstag. Sechs Tage noch.

„Wie geht es den beiden Welpen?" Sina läuft Jill schon auf der Straße entgegen, die zum Pferdehof führt. Jill springt vom Fahrrad und umarmt ihre Freundin vor Freude.

„Es geht ihnen besser!", ruft sie überglücklich. „Ich bin eben in der Tierarztpraxis gewesen. Die Welpen sehen schon viel besser aus. Sie haben sogar schon miteinander gespielt und sich gegenseitig in die Ohren und die Pfoten gezwickt. Das war total süß."

„Toll", sagt Sina beeindruckt. „Dann hast du den kleinen Hunden das Leben gerettet. Das ist echt stark!" Mit ihrer Freundin auf dem Gepäckträger fährt Jill auf den Hof. Unter der alten Kastanie stehen Julia und Marco, um sie herum die zehn Reiter, die gleich zu einem Waldausritt aufbrechen. Marco wird die Gruppe auf seinem Hengst Gashmiron anführen, Julia bleibt mit den Hunden auf dem Hof zurück.

„Unsere Heldin kommt!" Lachend hebt Marco Jill ein wenig in die Höhe. „Ich wusste gar nicht, wie mutig du bist", sagt er anerkennend.

Anna, die nette Heilpraktikerin aus Berlin, erkundigt sich sofort nach dem Befinden der Hovawarte. Erleichtert atmet sie auf, als Jill ihr die Aussage des Tierarztes wiedergibt, dass die Welpen die Nacht gut überstanden hätten und damit über den Berg seien.

„Aber nur, weil sie dank dir rechtzeitig gefunden wurden und schnell tiermedizinisch behandelt werden konnten." Die Gruppe nickt. Jill war großartig, das sehen hier alle so.

„Und was wird jetzt aus den anderen Welpen?", fragt Tim, der schon das Zaumzeug für Witonia in der Hand hält. „Weiß man, was mit denen passiert, wie es ihnen geht?"

Jill schüttelt den Kopf. Darf sie in dieser Runde über die geplante Polizeiaktion am nächsten Donnerstag sprechen? Eine innere Stimme hält sie zurück.

Julia scheint das genauso zu empfinden. Sie lenkt vom Thema ab und bittet auch die übrigen Reiter, das Zaumzeug und den Sattel ihrer Pferde zu kontrollieren.

„Schaut euch die Sattelgurte und die Zügel an und prüft, ob alles korrekt verschnallt ist. Dann könnt ihr eure Pferde aus dem Stall holen, striegeln und die Hufe auskratzen. Ruft mich bitte, wenn ihr die Pferde gesattelt habt; ich möchte kontrollieren, ob die Trense und der Sattel gut sitzen. In einer halben Stunde geht es los."

Louis stöbert einen
ausgesetzten Welpen auf

Julia winkt Jill und Sina ihr ins Büro zu folgen. „Dein Groß-vater", sagt sie zu Jill gewandt, „hat heute Morgen bei uns an-gerufen. Er hat uns alles erzählt und uns auch über die Poli-zeiaktion am nächsten Donnerstag informiert. Die darf natürlich nicht vorher nach draußen dringen. War also richtig, Jill, dass du vorhin auf Tims Frage nicht geantwortet hast."

„Aber irgendetwas stört dich, das merke ich dir an", hakt Sina nach. „Ist doch super, dass die Polizei eingreifen soll und die Bande verhaften wird."

„Klar, der Polizeieinsatz ist richtig, alle Beteiligten an dem Hundehandel müssen gefasst und zur Verantwortung gezo-gen werden. Aber der Einsatz soll ja erst nächsten Donnerstag stattfinden. Das sind von heute, Freitag, noch volle sechs Tage! Glaubt ihr wirklich, dass die Welpen, die Jill gestern hat ankommen sehen, dann noch da sind? Oder, wenn sie wirk-lich krank sind, bis dahin noch am Leben sind?", antworte ihre Tante besorgt.

Julia erzählt den Mädchen, was sie heute früh im Internet über den Handel mit Welpen gelesen hat. Damit dieses ge-winnbringende Geschäft funktioniert, dürfen alle Beteiligten, die Hundezüchter, Transportfahrer, Händler und Verkäufer, eines nicht sein: tierlieb! Wer an dem Welpenhandel verdient, ist mitleidslos, vielleicht sogar brutal im Umgang mit den Hunden. Ist ein Tier schwach oder krank, wird es entsorgt. Jill hatte es ja selbst erlebt.

„Die Welpen sind Frau Pohlenz mit Sicherheit nicht ge-bracht worden, damit sie ihnen eine schöne Zeit bereitet", sagt Julia mit harter Stimme. „Dass sie alleine von Graal-Müritz aus für jeden Welpen einen Käufer sucht, ist eher unwahrscheinlich. Ich vermute, nachdem was ich über die professionelle Organisation des Welpenhandels recherchiert habe, dass die Kleinen an Hundehändler weitergereicht werden, die sie dann selbst verkaufen oder durch Mittelsmänner verkaufen lassen."

Sina nickt. Sie erinnert sich an einen Bericht aus dem Berliner ‚Tagesspiegel‘, eine der Zeitungen, die ihre Eltern abonniert haben. „In Spandau ist vor Ostern so eine Geschichte aufgeflogen. Ein Paar aus Berlin hat im Internet eine Online-Anzeige mit kleinen Welpen gesehen, ‚liebevolle Familienaufzucht‘ stand da. Sie haben die angegebene Handynummer angerufen und sich mit dem angeblichen Familienvater in Spandau verabredet. Sie durften dann aber nicht in die Wohnung kommen, das Kind war krank, hieß es. Der Mann kam auf die Straße herunter und hatte eine Hündin unter seinem Mantel versteckt. Das Paar fand den Ablauf zwar merkwürdig, hatte sich dann aber in den Welpen verliebt und ihn sofort gekauft."

„Das Geschäft mit dem Mitleid", sagt Julia böse. „Es funktioniert bei den meisten Menschen. Stand in der Zeitung, ob das Paar nach dem Impfausweis des Hundes gefragt hat?"

„Ja, aber der war wohl gefälscht", antwortet ihre Nichte.

Julia nickt. „Auch das ist typisch. Wenn Welpentransporte von der Polizei gestoppt werden, sind die Papiere für die Tiere entweder unvollständig oder gefälscht. Ohne gesetzliche Regelungen wird dieses gemeine Geschäft auf dem Rücken von Tieren eher noch zunehmen", befürchtet sie.

„Aber was sollen wir denn jetzt machen?", ruft Jill völlig verzweifelt dazwischen. „Nach allem, was du gerade gesagt hast, können wir die Welpen doch nicht ihrem Schicksal überlassen. Wir müssen sie auf irgendeine Weise aus dem alten Haus herausbekommen, bevor sie sterben oder weiterverkauft werden."

Sina springt impulsiv auf. „Jill, wir beide fahren heute Nacht zu dem Haus im Wald und nehmen die leichte Alu-Leiter mit. Die können wir im Bollerwagen transportieren. Ohne Leiter kommen wir nicht über den Zaun, wenn ich das richtig verstanden habe?"

Ihre Freundin nickt. „An der Hinterseite des Hauses", beschreibt sie, was Lucas Dr. Berghoff und ihr gestern Abend noch in der Küche erzählt hatte, "soll ein Verschlag oder Schuppen sein. Lucas hat in der Nähe merkwürdige Geräusche gehört, eine Art Gefiepe oder Gewinsel, genau konnte er aber nicht zuordnen, woher die Geräusche wirklich kamen. Vielleicht kommen wir da besser über den Zaun."

„Ihr spinnt wohl!", unterbricht Julia die aufgeregten Mädchen. „Wir sind weder die Polizei noch das Veterinäramt. Wir können nicht einfach auf ein fremdes Grundstück gehen, in einen Schuppen einbrechen und Welpen stehlen. Da machen wir uns strafbar. Das werden eure Eltern nie zulassen."

„Müssen sie ja nicht erfahren", murmelt Sina.

„Aber die Vorstellung, dass es in dem Haus noch mehr arme Welpen gibt, die unsere Hilfe brauchen, die vielleicht ganz dollen Hunger haben oder wie die beiden Hovawartbabys krank sind, ertrage ich nicht", ruft Jill erregt dazwischen. „Ihr habt doch vorhin alle zu mir gesagt, wie mutig es war, dass ich mich für die Hunde eingesetzt habe. Nach allem, was wir jetzt wissen, geht es um noch viel mehr arme Welpen – und jetzt wollen wir nichts machen? Einfach abwarten?".

Die Zwölfjährige ist außer sich.

„Du bringst mich auf eine Idee", fällt Sina noch etwas ein. „Wir könnten doch jetzt gleich mit dem Auto in den Wald fahren und so tun, als würden wir mit den Hunden spazierengehen. Wir bleiben dabei ganz dicht am Zaun. Es ist nicht verboten, dort zu gehen, der Wald ist öffentliches Gebiet."

„Hoffst du, dass Louis und Tabby die eingesperrten Welpen wittern, wenn wir in die Nähe des Verschlages kommen? Das wäre denkbar", stimmt Jill zu.

Dieser Vorschlag überzeugt auch Julia. „Gute Idee, dann reitet ihr heute nicht mit aus und wir fahren gleich los. Bitte ladet vorher zur Sicherheit eure Handys auf."

„Das sind die aufregendsten Ferien meines Lebens", raunt Sina Jill zu. „Was wäre eigentlich, wenn Frau Pohlenz Tabby wiedererkennt? Kann sie uns die Kleine wieder wegnehmen?", fragt sie ihre Tante besorgt.

„Nein. Frau Pohlenz ist mit uns zu keinem Zeitpunkt namentlich in Kontakt getreten. Als ich neulich auf die Zeitungsannonce bei der aufgeführten Handynummer anrief, meldete sich die Frau nicht mit Namen. Erst die Tierärztin Zietke hat sich mit ihrem Namen vorgestellt. Außerdem haben Marco und ich die Kaufsumme gestern auf das angegebene Konto überwiesen. Es schien uns korrekter zu sein, falls Frau Zietke doch noch einmal Ansprüche an Tabby angemeldet hätte. So sind wir rechtlich gesehen auf der sicheren Seite", erklärt Julia.

„Wo bleibt ihr denn?", ruft Marco etwas ungehalten von draußen durch das offene Bürofenster. „Die anderen sind fast fertig, nur Onassis und Merlin stehen noch im Stall, sind nicht einmal geputzt." Julia winkt ihren Freund heran.

„Wir hatten gerade überlegt, ob wir Louis und Tabby zu einem Spaziergang am alten Waldhaus überreden könnten...". Sie macht eine bedeutungsvolle Pause.

„Ihr seid verrückt, bei dieser Hitze?" Marco schüttelt den Kopf, hört dann aber zu, was Julia ihm erklärt.

„Nein, ich bitte euch, lasst das sein", widerspricht er. „Die Zietke hat euch drei auf unserem Hof gesehen. Stellt euch vor, die ist zufällig gerade bei Frau Pohlenz? Und ihr läuft ganz "unauffällig" am Grundstück vorbei und tut so, als seid ihr harmlose Spaziergängerinnen? Das geht gar nicht. Ihr erreicht bloß, dass die Frauen misstrauisch werden und vielleicht den Hundetransport für die nächste Woche ablasen, weil sie sich ausspioniert fühlen. Ihr gefährdet damit noch den Polizeieinsatz!"

Die Mädchen sind bitter enttäuscht, doch Julia leuchtet der Einwand ein. „Dann schlage ich vor, dass ich den Ausritt übernehme und du, Marco, mit Louis auf Erkundungsrunde gehst. Falls die Tierärztin da sein sollte, kennt sie dich und den Collie nicht. Aber Tabby sollte doch besser hierbleiben. Wir bitten Alex, auf sie aufzupassen. Er kann die Kleine zu seiner Familie mitnehmen und nachher wieder zurückbringen."

So sehr Jill sonst jede Sekunde auf dem Rücken ihres geliebten Haflingers genießt, so wenig gelingt es ihr heute, sich dem Augenblick hinzugeben. Immer wieder driften ihre Gedanken zu Marco, Louis und dem düsteren Haus im Wald. Erst als die Stute Witonia unerwartet vor ihr in Galopp fällt, reißt sie sich zusammen.

„Tim, halte Witonia bitte zurück." Julia, die mit der jungen Stute Shakira die Gruppe anführt, dreht sich im Sattel nach hinten um. „Wir galoppieren jetzt noch nicht. Der Weg ist zu schmal. Die Pferde könnten empfindlich von den Tannen gestreift werden und euch womöglich durchgehen."

„Mir nicht", witzelt Sina, obwohl sich ihr kräftiger Rappe Onassis von Witonias übermütigen Sprüngen bereits hat anstecken lassen. Auch er versucht, das Tempo zu bestimmen. Sina legt trotz der mahnenden Blicke ihrer Tante immer wieder einen kurzen Galopp ein.

Die Strecke durch den Wald ist von Julia und Marco so zusammengestellt worden, dass sich Reitern und Pferden möglichst viel Abwechslung bietet. So gibt es breite Wege, die zum Galoppieren einladen, und wieder schmale Pfade zwischen tief hängenden Tannenzweigen, die ein langsames Tempo erzwingen. An einer Stelle muss einem Bachlauf gefolgt werden, was die Pferde üblicherweise sehr schätzen. Doch die

Erfrischung fällt heute weitgehend aus, weil der Bach, an seiner tiefsten Stelle ca. 50 cm tief, kaum noch Wasser führt. Die über Wochen anhaltende Hitze hat den Bach fast austrocknen lassen.

Während die Pferde eine kleine Anhöhe erklimmen, ist Jill wieder in Gedanken bei Marco und Louis. Werden die beiden herausfinden können, ob es noch mehr Welpen in dem Haus gibt – und wenn ja, in welchem Zustand sind die Kleinen?

Auf einer Lichtung lässt Julia die Gruppe halten. Zehn kleine Hindernisse sind im Abstand von mehreren Metern aufgebaut. „Wenn ihr Lust habt, könnt ihr einige Runden über die Cavaletti machen", fordert sie die Reiter auf.

Sina ist die erste, die mit Onassis den Parcours nimmt. „Das macht Spaß", jubelt sie, als ihr sprunggewaltiger Rappe in schnellem Galopp über die Bahn geht.

Anna auf Kosak verzichtet auf die Springübung. Der Fuchs neigt beim Springen zum Buckeln und dies besonders, wenn seine Reiter noch unerfahren sind. Die 48 Jahre alte Heilpraktikerin Anna hat erst im letzten Sommer Reiten gelernt und weiß, dass sie eine Kraftprobe mit dem schweren Holsteinerwallach verlieren würde.

Auch Merlin ist als Haflinger nicht unbedingt der Prototyp des Springpferdes, aber Jill zuliebe nimmt er die Herausforderung an und setzt über die zehn Hindernisse. Nicht so elegant und schnell wie Onassis, aber immerhin ohne seitliche Ausbruchsversuche.

„Das war cool heute", schwärmt Sina nach dem Ausritt. Geschmeidig lässt sie sich von Onassis gleiten. Die Hufe auf dem mit Kopfsteinpflaster ausgelegten Hof machen so einen Lärm, dass Marco uns eigentlich hätte hören müssen, überlegt Jill, während auch sie von ihrem Haflinger absitzt. Wo bleibt Marco bloß?

Nachdenklich nimmt sie Merlin den Sattel ab und beginnt ihn mit einem Strohbüschel trocken zu reiben.

„Ihr könnt die Pferde ohne Sattel auf die Weide reiten. Im Schritt!", sagt Julia und lächelt dabei ihrer Nichte zu, die nach dem scharfen Galopp mit Onassis über den Parcours in Höchststimmung ist.

„Klar, wir treten auf die Bremse", witzelt sie und schwingt sich behände auf den bloßen Rücken des Wallachs.

Der Einsatz beginnt!

„Sind Marco und Louis noch nicht zurück?", wundert sich nun auch Julia. Sie holt das Handy aus der Tasche ihrer Reitweste. Keine Nachricht von ihrem Freund. Merkwürdig.

„Sina, nimmst du bitte Shakira als Handpferd mit zur Weide? Ich möchte hier auf Marco warten."

Doch die Zeit vergeht, kein Marco, kein Louis. Erst als die Reiter ziemlich müden Schrittes – inzwischen sind es fast 33 Grad – den Weg von der Sommerweide zurückkommen, sieht Julia den blauen Volvo in den Hof fahren. Jill und Sina lassen die Gruppe hinter sich und laufen dem Wagen entgegen. Sie wollen kein Wort von Marco verpassen.

„Ihr glaubt nicht, was wir gerade erlebt haben", ruft er durch sein heruntergelassenes Fenster. Auf der Beifahrerseite sitzt Louis und hat einen sehr wichtigen Gesichtsausdruck, wie Jill auffällt.

Der Collie springt über Marco hinweg auf den Boden und begrüßt erst Julia, dann die beiden Mädchen.

„Wir haben tatsächlich noch einen kranken Welpen im Wald gefunden", berichtet Marco und schüttelt den Kopf, als könne er das Erlebte selbst kaum fassen.

„Der Hund lag im Wald unter einer Tanne. Ich dachte erst, er wäre tot. Aber zum Glück hat er noch geatmet. Ich habe versucht, ihm Wasser einzuflößen und ihn dann auf den Beifahrersitz auf eine Decke gelegt. Louis saß im Fußraum und hatte seine Schnauze so auf den Sitz gelegt, dass der Kleine seinen Atem gespürt hat. Louis ist einfach nur großartig", sagt Marco mit Blick auf den Collie, der bei der Erwähnung seines Namens den Kopf schräg gelegt hat. „Wir sind dann in die Tierarztpraxis gefahren, nein, gerast", korrigiert er sich grinsend.

„Dr. Berghoff hat den Kleinen sofort notversorgt, obwohl das Wartezimmer voller Leute war", berichtet Marco weiter. „Er sagte, dieser Hund könne vielleicht aus demselben Wurf wie Jills Hovawarte stammen."

„Das kann doch alles nicht wahr sein!" Julia ist tief betroffen. „Als Jill erlebt hat, wie die beiden Männer die kranken Welpen ‚aussortiert' haben, war das schon entsetzlich genug. Und jetzt wird wieder ein Welpe zum Sterben abgelegt. Wie können Menschen so grausam sein!"

Julia atmet erregt. Sie ist so zornig, dass selbst Marco überrascht ist.

„Beruhige dich, mein Schatz", sagt er liebevoll und nimmt seine Freundin in die Arme. „Ich habe mir auf der Autofahrt hierher einen Plan überlegt. Lasst uns gleich darüber sprechen, ich brauche jetzt aber unbedingt erst einmal einen Kaffee. Wartet ihr die paar Minuten auf mich?"

Die drei nicken. Jill und Sina nehmen sich ein Eis aus dem Kühlfach und setzen sich an den großen Holztisch im Kräutergarten. Während die Mädchen genüsslich ihr Schokoladeneis essen, fängt Julia an zu grübeln. Könnte es sein, dass die Bande, einen anderen Namen kann sie diesen mitleidslosen Menschen nicht geben, noch mehr Hundebabys auf diese Weise sterben lässt? Wie viele Welpen überstehen die langen Transporte nicht oder kommen so geschwächt an ihrem Zielort an, dass sie kurz darauf verenden?

Obwohl es Julia drängt, ihre düsteren Gedanken mit ihrem Freund zu teilen, nimmt sie Rücksicht auf Jill und Sina und schweigt.

Marco kommt mit seinem schwarzen Kaffee zu ihnen in den Garten und trinkt genüsslich.

„Den habe ich gebraucht", sagt er lächelnd in die Runde und nimmt seine unterbrochene Erzählung wieder auf. Er hatte seinen Wagen abseits des Hauptweges, der zum

Waldhaus führt, geparkt und war mit Louis entlang des Zaunes um das Grundstück herum gegangen. Scheinbar hatte ihn niemand bemerkt, die Fenster waren geschlossen und das Haus wirkte still und verlassen.

An der Rückseite des Hauses war Louis plötzlich unruhig geworden und an einer bestimmten Stelle aufgeregt hin- und hergelaufen. Leicht winselnd schnüffelte er am Boden und verschwand dann plötzlich im Wald. Als Marco das Winseln des Collies hörte, war er ihm nachgelaufen und sah gleich, was Louis Aufmerksamkeit erregt hatte: Ein auf der Seite liegender Welpe, der schon so flach atmete, dass jede Hilfe zu spät zu kommen schien.

Marco nahm ihn behutsam auf und hatte während des Laufens noch einen flüchtigen Blick auf das undurchdringlich wirkende Grundstück geworfen. Zwischen dem dichten Buschwerk konnte er einen schäbigen Holzverschlag ausmachen. Die Unruhe des Collies nahm an dieser Stelle wieder zu. Offenbar hing sie nicht nur mit dem gefundenen Welpen zusammen, sondern betraf noch etwas, was sich auf dem Grundstück befand.

„Die Welpen", ruft Jill alarmiert. „Die sind bestimmt in dem Schuppen eingesperrt und brauchen ganz dringend Hilfe. Wir MÜSSEN", beschwörend blickt sie die anderen an, „heute Nacht hinfahren und die Hunde retten!"

„Rechtlich gesehen ist das leider keine Rettung, sondern Diebstahl", sagt Julia vorsichtig. „Mal ganz abgesehen davon, dass wir so viele Welpen nicht bei uns unterbringen können, haben wir vielleicht sogar kranke Tiere dabei. Aber der entscheidende Punkt ist, dass wir nicht im Recht wären, wenn unsere Aktion herauskäme. Und das würde bedeuten, dass wir die Welpen an die fürchterliche Frau Pohlenz zurückgeben müssten."

Das ist das Aus. Jetzt sind die Welpen verloren! In sechs Tagen, wenn der Polizeieinsatz starten soll, kommt für die

Hundebabys jede Hilfe zu spät, geht es Jill durch den Kopf. Sie stöhnt und empfindet erstmalig ihre Jugend als Hindernis. Wenn sie erwachsen wäre, könnte sie...

„Sehe ich genauso, Julia", unterbricht Marco ihre Gedanken. „Darum werden wir auch anders vorgehen: Wir verschaffen uns heute Nacht Zugang zu dem Schuppen. Im Zaun war eine Pforte, die nur provisorisch mit einem Kettenschloss verschlossen war. Mit einer Metallzange müssten wir die Kette leicht aufbekommen. Wenn wir im Schuppen Welpen finden und nur einige von ihnen krank oder geschwächt sind, rufen wir sofort die Polizei. Das ist möglich, wenn ‚Gefahr in Verzug' besteht. Und diese Situation ist gegeben, weil die Welpen ohne tiermedizinische Versorgung sterben könnten. Bevor wir nachher aufbrechen, rufe ich Dr. Berghoff an. Ich gehe zwar nicht davon aus, dass er sich uns anschließen wird. Aber er muss vorbereitet sein, dass wir heute Nacht vielleicht mit mehreren kranken Welpen in seine Praxis kommen."

Die Polizei, erklärt Marco weiter, würde alle Welpen beschlagnahmen können, weil schon alleine die Nichtbehandlung der gefährlich geschwächten Welpen als tierschutzwidrig gelten würde.

„Und wohin würde die Polizei dann die übrigen Welpen bringen?", fragt Sina.

„Wahrscheinlich in die umliegenden Tierheime", antwortet Julia. „Wenn die Polizei Tiere beschlagnahmt, muss sie ja eine Möglichkeit haben, die Tiere unterzubringen. Große Tierheime sind 24 Stunden besetzt, um auch nachts ausgesetzte oder verletzte Tiere aufnehmen zu können. In jedem Fall hat die Polizei Notfall-Telefonnummern der regionalen Tierheime."

Jill und Sina schauen sich an. Die alles entscheidende Frage ist: Wie schaffen sie es, Julia und Marco zu überzeugen, dass die Rettungsaktion nicht ohne sie stattfinden kann?

Ihre große Freundin Julia ahnt bereits, was in den Mädchen vorgeht. Doch sie hat auch eine Verantwortung für die Zwölfjährigen. Stellt die nächtliche Aktion eine zu große Gefahr dar? Ist es leichtsinnig, die beiden mitzunehmen oder im Gegenteil falsch, sie auszuschließen? Was ist bloß richtig? fragt sie sich und trifft ihre Entscheidung schließlich aus dem Bauch heraus.

„Jill", schlägt sie vor, „schläfst du heute Nacht bei uns? Soll ich deine Großmutter anrufen und ihr sagen, dass du erst morgen Abend wieder zu Hause bist?"

„Du lügst sie damit nicht an", sagt Marco und verblüfft die anderen wieder einmal mit seiner Menschenkenntnis. Scheinbar hat er Julias Gedanken gelesen.

„Was können wir dafür, wenn sich die Mädchen heimlich aus ihren Betten ins Auto geschlichen haben?" Er zwinkert Jill und Sina zu. „Tut uns also den Gefallen und ‚versteckt' euch im Auto und taucht erst wieder auf, wenn wir den Wagen im Wald abstellen. Ich würde übrigens gerne noch Alex zur Verstärkung mitnehmen."

Jill und Sina fallen sich in die Arme. „Wenn wir nicht mitgedurft hätten, wären wir heimlich gefahren", flüstert Sina ihrer Freundin ins Ohr und die nickt bestätigend. Nachdem Marco vom Tisch aufgestanden ist, um den 28-jährigen Pferdepfleger Alex um Hilfe zu bitten, zieht sich der Nachmittag für die nervösen Mädchen schier endlos hin. Sie können die Rettungsaktion kaum erwarten.

Doch die Zeit scheint immer träger bis zum Abend zu vergehen. Da nützt es auch nichts, dass sich Jill und Sina wieder und wieder fragen, wie spät es inzwischen ist.

Um 21.00 Uhr liegt der Pferdehof endlich in Dunkelheit. Das ist das Startzeichen, jetzt kann es losgehen! Wie Verschwörer kommen sich die Fünf vor, als sie im Wagen sitzen. Keiner spricht, alle haben ihre Handys auf lautlos gestellt und vorher noch einmal aufgeladen.

„Wir treffen Dr. Berghoff auf der Rückseite des Waldhauses", gibt Marco weiter. „Ich bin enorm erleichtert, dass er heute Nacht doch dabei ist. Nur ein Tierarzt kann auf den ersten Blick sehen, welcher Welpe krank ist und Hilfe braucht. Wenn wir dann die Polizei rufen, will er allerdings verschwinden. Er hat mir erklärt, dass sein Name nicht im Zusammenhang mit einer gesetzeswidrigen Aktion auftauchen dürfe – das habe ich ihm natürlich zugesichert. Da halten wir uns später dran, wenn wir von der Polizei befragt werden sollten, okay?" Alle nicken.

Mehr wird nicht geredet. In tiefem Schweigen biegen sie von der Rostocker Straße in den Teerofenweg ein, fahren bis zur Rechtskurve und folgen dann dem schmalen, linksabzweigenden Pfad. Ungefähr dort, wo Jill gestern ihr Fahrrad versteckt hatte, hält nun auch Marco. Der Wagen lässt sich hier gut hinter den Tannen parken, ohne vom Hauptweg gesehen zu werden. Selbst wenn ein Auto mit aufgeblendeten Scheinwerfern durch den Wald fahren würde, wäre es so gut wie unmöglich, den dunklen Volvo unter den hängenden Tannenzweigen zu erkennen. Leise steigen die Fünf aus, schieben vorsichtig die Türen ins Schloss, damit kein unnötiges Geräusch entsteht.

„Geht direkt hinter mir", flüstert Marco den Mädchen zu. Sie werden sich ohne Taschenlampe bewegen müssen, der Lichtkegel könnte sie verraten. Als sie auf den Grundstückzaun stoßen, macht Marco ein Zeichen mit der Hand. ‚Duckt euch' heißt das. Es ist eines der lautlosen Zeichen, auf die sie sich vorhin beim gemeinsamen Abendessen, ebenso wie auf ihre schwarze Kleidung, verständigt hatten.
Plötzlich löst sich eine Gestalt aus dem Dunkeln, Sina entfährt ein leiser Schrei. „Schscht", macht Julia. Es ist Dr. Berghoff, auch er in dunkler Hose und Pullover. Er hat seinen großen Tierarztkoffer dabei.

Das Haus wirkt, so hatte Marco es ja heute Mittag schon empfunden, eher verlassen als bewohnt. Die Fenster erinnern an düstere Höhlen, nirgends ein Licht, selbst der Mond ist von Wolken bedeckt. Am Himmel ist kein Stern zu sehen.

Nun erreicht die kleine Gruppe, in der nächtlichen Dunkelheit vorsichtig einen Fuß vor den anderen setzend, um sich ja nicht durch das laute Brechen von am Boden liegenden Zweigen zu verraten, die Rückseite des Hauses. Da ist die Pforte mit dem kaputten Schloss.

Marco winkt Alex heran, der ihm helfen soll, das Kettenschloss aufzustemmen. Der Pferdepfleger nimmt die Kette in die Hand, und Marco kneift mit der Metallzange ein Kettenglied durch. Sie ziehen die Kettenenden vorsichtig heraus und drücken gegen die schräg in den Angeln hängende Pforte. Sie quietscht schrill. Erschrocken legt Alex einen Finger auf den Mund und dreht sich zu den anderen um. ‚Runter‘, zeigt er mit den Händen die Geste des Duckens an.

Doch im Waldhaus bleibt es still, kein Licht geht an, keine Tür öffnet sich. Alex tastet sich durch die schmale Öffnung der Pforte, die anderen folgen leise. Mit der Hand deutet Marco nach rechts, der von Lucas erwähnte Holzverschlag wird sichtbar. Sie schleichen bis zur Tür, die nur angelehnt ist. Marco zeigt auf sich. Er wird alleine hineingehen und erst dann seine Taschenlampe anschalten, wenn er die Tür wieder hinter sich verschlossen hat. Er verschwindet im Schuppen. Nach einigen Minuten kommt er zurück.

„Nichts", flüstert er. „Nur Gartengeräte." Völlig überrascht bilden die Sechs einen Kreis, um sich leise zu beratschlagen, wie es weitergehen soll.

„Was machen wir denn jetzt?", fragt Julia. Ratlos weist Alex Richtung Graal-Müritz. Zurück?

Marco sagt ganz leise: „Nein. Die Welpen müssen hier irgendwo sein. Louis hat es heute Mittag klar angezeigt. Alex und ich gucken uns um. Ihr bleibt direkt hier an der

Schuppentür stehen, damit wir euch im Dunklen sofort wie-
derfinden."

Eine unglaubliche Entdeckung
im Keller

Jill und Sina haben sich auf den Boden gesetzt, Julia und Dr. Berghoff lehnen am Holzverschlag. Plötzlich knackt ein Zweig in der Nähe. Jill schauert zusammen, erkennt jedoch sofort Alex.

„Kommt mit", flüstert er. „Wir haben einen Hinweis gefunden." Er geht voran bis dicht an das Haus. „Die Treppe führt nach oben", haucht er und zeigt gleichzeitig weiter nach rechts. „Und da gehts runter in den Keller." Dicht an der Steintreppe kauert Marco. Neben ihm sind Plastiksäcke an der Wand abgestellt. „Stroh. Riecht nach Urin und Kot", sagt er so leise wie möglich.

Jetzt winkt Christian Berghoff die anderen zu sich: „Die Hunde werden uns gleich hören und Krach machen. Wenn doch jemand in der Nähe sein sollte und durch die Geräusche alarmiert in den Keller kommt, würden wir dort unten in der Falle sitzen. Es ist besser, wenn ich alleine gehe und ihr aufpasst, ob irgendwo im Haus ein Licht angeht oder jemand mit einer Taschenlampe aus der Tür da oben kommt."

Alle schauen auf die Treppe, die in die Höhe führt und an einer schmalen Tür endet. Seitlich läuft ein Geländer mit.

Die Fünf postieren sich so, dass sie die verwitterte Tür und die rückwärtigen Fenster im Blick haben. Der Tierarzt tastet sich vorsichtig die Treppe herunter, die Stufen aus Stein sind ausgetreten und glatt. Die Kellertür ist nur angelehnt. Mit angehaltenem Atem setzt Dr. Berghoff behutsam Fuß vor Fuß. Er sieht nicht die Hand vor Augen, hört nur sein Herz hart klopfen. Da! Geräusche!

Es raschelt im Stroh, jetzt ein feines Fiepen, ein Winseln. Unmöglich, ich muss Licht machen, denkt er. Was wäre, wenn

hier jemand schläft, der auf die Hunde aufpasst? Taschenlampe an! Das grelle Licht macht die Welpen in den Ställen
unruhig. Sie winseln, jaulen, bewegen sich. Der Geruch nach
Urin und säuerlichem Kot nimmt ihm fast den Atem.

Zehn voneinander abgetrennte Stallbereiche macht der
Tierarzt im Lichtkegel aus. In ihnen haben bis eben Welpen
geschlafen – so viele, dass er entsetzt aufstöhnt. Über hundert
junge Hunde sind hier eingesperrt, schätzt er.

Nun sind die Kleinen auf den Beinen und wuseln durch-
einander. Das Handy des Tierarztes bewegt sich in seiner Tasche.

„Es ist alles ruhig", hört er Marco sagen. „Sollen wir nach-
kommen?"

„Ja. Schnell. Ich habe die Welpen gefunden!"

Als Jill und Sina den Keller betreten, hat Dr. Berghoff gerade den Lichtschalter gefunden. Von der Decke hängt eine
gleißend helle Glühbirne, die den Raum vollständig ausleuch-
tet. Zehn Abteile ziehen sich über drei Wandseiten hin. Zur
Gartenseite ist ein kleines Fenster in die Wand eingelassen. Jemand hat es einen Spalt geöffnet, so dass ein wenig Luft in
den dumpfen Raum gelangt.

Alle zehn Ställe sind von Welpen verschiedener Rassen be-
legt. Zehn Hundebabys pro Stall zählen die Mädchen, in einigen Ställen sogar 14. Insgesamt sind 112 Welpen in dem Kellerraum untergebracht. Fassungslos geht die Gruppe von
einem Stall zum anderen. Julia kämpft mit den Tränen, so sehr
erschüttert sie das Ausmaß dieses kriminellen Geschäfts.

Derweil schaut sich der Tierarzt die Kleinen mit geschul-
tem Blick an. Einige Welpen kommen aufgeregt wedelnd an
die ca. 1,50 Meter hohen Holzwände. Sie versuchen an den
Verstrebungen hochzuklettern und schnappen spielerisch
nach den Händen der Mädchen. Doch zwischen den auf den

ersten Blick gesund wirkenden Hundebabys macht Dr. Berghoff mehrere Welpen aus, die sich nicht mit erhoben haben. Sie liegen auf der Seite, die Augen geschlossen, das Fell feucht und verklebt. Die Afterregion ist mit Kot verschmiert.

„Das sind unsere akuten Notfälle." Christian Berghoff zeigt den anderen die schwachen Tiere, die schnellstens tierärztliche Hilfe benötigen.

„Dann rufen wir jetzt sofort die Polizei", entscheidet Julia bestimmt. „Wir haben einen klaren Verstoß gegen das Tierschutzgesetz. Die Welpen sind krank, werden nicht behandelt und schweben vielleicht sogar in Lebensgefahr." Sie verlässt den Keller, in dem sie keinen Handy-Empfang hat.

Während Julia draußen telefoniert, beginnt Sina systematisch den Kellerraum zu fotografieren. Die Welpen, ihre Unterkunft, die kranken Hundebabys, die umgekippten Wasserschalen, das teilweise mit Kot und Urin verschmutzte Stroh, die Futterschüsseln mit klebrigen Breiresten an den Rändern.

An der einen Wand hängt ein großer Plan. Auch ihn nimmt Sina auf und winkt Marco zu sich heran.

„Das ist ja hochinteressant", sagt er triumphierend. „Mit diesem Beweis wird die Polizei hoffentlich den ganzen Ring ausheben können."

Der Plan ist für jeweils drei Monate, in diesem Fall für Juni, Juli und August, ausgelegt. Es gibt zehn Spalten; jede Spalte steht für einen Stall. Alle Ställe sind aktuell von Hunden aus polnischen Zuchtanlagen besetzt. Adresse und Handynummer der Züchter sind aufgeführt. Auch Namen und Handynummern der Fahrer, die die Welpen aus Polen nach Graal-Müritz transportieren, sind handschriftlich verzeichnet.

Laut dieser Aufstellung haben am 24. Juli die Fahrer Marek Sikora und Damian Walczak 115 Welpen aus den polnischen Ortschaften Gryfice, Worowo und Golczewo abgeholt und hierher gebracht.

In Gryfice wurden 10 Golden Retriever, 10 Labradore und 12 Malteser den Fahrern übergeben, in Worowo 15 Australien-Shepherds, 10 Border Collies und in Golczewo 10 Berner Sennenhunde, 12 Hovawarte, 16 Französische Bulldoggen und 20 Chihuahuas. Marco vergleicht diese Angaben mit den Welpen in den Ställen und registriert, dass drei Welpen fehlen.

Er geht die Ställe ab, schaut sich jedes Hundebaby genau an. Tatsächlich zählt er nur neun Hovawarte. Nach allem, was er von Jill weiß, haben die polnischen Fahrer nur zwei Welpen neben die Mülltonne gelegt. So muss der dritte Welpe, den Louis mittags im Wald fand, von Frau Pohlenz oder der Tierärztin Zietke zum Sterben an den Baum gelegt worden sein. Und wann? Heute früh oder sogar schon gestern Abend?

Marco schüttelt sich vor Entsetzen, fragt sich aber im selben Moment, warum ihn grausame Handlungen, die von Frauen verübt werden, mehr schockieren, als wenn Männer die Täter sind. Vielleicht weil Frauen Kinder bekommen und damit ein anderes, ein beschützendes Verhältnis zu Lebewesen haben? Haben sollten, haben müssten, korrigiert er sich und weiß im selben Moment, dass seine Annahme aus einer Wunschvorstellung erwächst. Frauen sind genauso brutal wie Männer, wenn die Gelegenheit es erfordert, überlegt er und wendet sich abermals der Aufstellung zu.

Die Ställe, in denen die Hunde untergebracht sind, sind entsprechend des Wandplans von eins bis zehn durchnummeriert. An jedem Stall hängen Tafeln, auf denen mit Kreide notiert ist, an welchem Tag die Tiere angeliefert und wann sie von wem abgeholt wurden und wohin sie gebracht werden sollen. Dieselben Angaben sind noch einmal zur Sicherheit handschriftlich auf dem Plan an der Wand festgehalten.

„Sina, hast du alles fotografiert? Auch die hier aufgeführten Namen und Telefonnummern?", fragt Marco drängend.

Sina macht mit dem Zeige- und Mittelfinger der rechten Hand ein V für Sieg.

„Klar, ich habe alles genau dokumentiert", sagt sie eifrig. Sina möchte Journalistin werden und diese abenteuerliche Nacht im Wald von Graal-Müritz scheint ihr die Bestätigung dafür zu sein. Sie schaut sich schnell die Fotos in ihrem Smartphone an. Alle brauchbar, scharf und für die schwierigen Lichtverhältnisse im Keller okay.

Währenddessen hat ihre Freundin einen kleinen Schrank in einer Kellerecke entdeckt. Er enthält Medikamente.

„Mit dem Antibiotikum spritzen sie Welpen, die eigentlich krank sind, noch einmal für einige Tage fit", sagt Alex finster. Dann gibt es noch Schmerz- und Beruhigungsmittel. „Vielleicht kriegen die armen Kerle", Alex zeigt auf die Ställe mit den Hundebabys, „vor jedem Transport erst einmal eine Dröhnung Beruhigungsmittel. Wird dann eine entspannte Tour für die Fahrer."

Der Pferdepfleger macht ein böses Gesicht; er kennt den verbotenen Einsatz von nicht nachweisbaren Medikamenten für leistungsgeschwächte Pferde aus dem Turniersport. „Diese Bande. Man müsste den Welpenhandel ganz hart bestrafen, am besten mit vielen Jahren Gefängnis", wiederholt er, was auch der Tierarzt fordert.

Julia kommt in den Keller zurück. „Ich habe der Polizei gerade gesagt, dass wir um das Leben von mehreren kranken Welpen fürchten und schon Dr. Berghoff gebeten haben, zu kommen. Damit die Anwesenheit von Ihnen", sie nickt dem Tierarzt zu, „für die Beamten von vornherein selbstverständlich ist."

„Ich wäre ohnehin geblieben", erklärt Christian Berghoff. „Wir hatten zwar abgemacht, dass ich vor dem Eintreffen der Polizei verschwinde, aber das hätte ich mit meinem Gewissen nicht vereinbaren können. Jetzt brauchen diese Tiere meine

Hilfe, egal, welcher Ärger mir entstehen sollte, weil ich mir widerrechtlich Zutritt in ein fremdes Haus verschafft habe."

„Wir dürften auch nicht hier sein", flüstert Sina verschwörerisch. Der Tierarzt guckt überrascht.

„Wir haben uns heute Abend im Auto versteckt, weil wir unbedingt dabei sein wollten. Julia und Marco haben uns nicht bemerkt, erst als wir im Wald anhielten", beeilt sich Jill die besprochene Version des heutigen Ablaufs weiterzugeben. Sie wirft Sina einen Blick zu, der sie zum Schweigen bringt.

Doch den Tierarzt interessieren diese familiären Hintergründe im Angesicht der dramatischen Ereignisse nicht. Er winkt ab.

„Das geht mich nichts an. Helft mir bitte, die kranken Welpen aus den Ställen zu tragen. Wir haben sieben Notfälle dabei." Er zeigt auf Stall 1. „Dort müsstet ihr bitte die beiden Malteser herausholen. Sie haben sich oben in die rechte Ecke zurückgezogen, seht ihr?"

In Stall 4 geht es einem dunkelbraunen Labradorbaby und einem blonden Golden Retrieverwelpen schlecht. In Stall 6 hat sich eine sehr dünne Französische Bulldogge von den anderen Tieren abgesondert. Der Welpe schmiegt sich eng an die Holzwand, als müsse sie ihm selbst im Liegen noch Halt geben. Auch der Australien Shepherd in Stall 8 wirkt schwach und kraftlos, ebenso der kleine Berner Sennenhund aus Stall 9.

„Ob der aus demselben Wurf wie Tabby kommt?", fragt Sina, doch Jill schüttelt den Kopf. „Glaube ich nicht. Diese Welpen wurden erst gestern angeliefert und hier im Keller untergebracht. Tabby ist doch schon seit einigen Tagen bei uns."

Inzwischen hat Dr. Berghoff seinem Tierarztkoffer in Plastik verschweißte Spritzen und eine Decke entnommen. Die kleinen Patienten liegen nebeneinander auf der weichen

Unterlage. Für die sieben Notfälle gibt es jeweils eine Spritze mit einem Antibiotikum und danach eine Infusion. Weil kein Ständer für die Infusionsflaschen zur Verfügung steht, behilft sich der Tierarzt. Er schlägt Nägel mit einem Hammer in die Wand und hängt dort provisorisch die Flaschen auf. Jill kennt den Ablauf schon. Sie hatte bei der Versorgung der beiden Hovawarte genau aufgepasst und weiß noch, dass die Nährlösung aus der Plastikflasche den Welpen Flüssigkeit zuführen und darüber hinaus Kraft geben soll.

Blaulicht in der Rostocker Heide

„Ich werde die Tiere nur solange versorgen, bis die Polizei eintrifft", erklärt der Tierarzt. „Am liebsten hätte ich die kranken Welpen sofort in meine Praxis gebracht, aber die Beamten müssen dokumentieren, in welchem katastrophalen Zustand sie sind. Wenn die Polizisten alles aufgenommen haben, fahre ich umgehend los. Ich bräuchte dann aber eure Hilfe." Alle nicken.

Plötzlich fällt blaues Licht durch das Kellerfenster. Die alten Mauern sind so dick, dass keiner die anfahrenden Polizeiwagen gehört hat. Ohne Sirene, aber mit Blaulicht haben sich drei Polizeiautos dicht am Zaun entlang geschoben. Jetzt suchen die Polizisten mit starken Taschenlampen nach dem Tor, von dem Julia ihnen am Telefon berichtet hatte. Sie finden es und kommen nun einer nach dem anderen in den Keller.

Die acht Beamten sind fassungslos ob des Bildes, das sich ihnen in dem Kellerraum bietet: Ställe voller eingesperrter, winselnder Welpen, ein offener Medikamentenschrank, sieben kranke Hundebabys am Boden, Infusionsflaschen an der Wand und dazwischen der angesehene Tierarzt aus Graal-Müritz, die Betreiber des beliebten Pferdehofes in Hirschburg mit ihrem britischen Pferdepfleger und dazwischen zwei zwölfjährige Mädchen, eine mit dunklen, langen Haaren, die andere mit kurzen, blonden Locken.

„Das gibt es doch nicht", sagt ein Polizist mit einem schockierten Blick in die Ställe und seine Kollegin, die sich auf den Boden zu den kleinen Patienten gekniet hat, ergänzt traurig: „Dann ist das kriminelle Geschäft mit Welpen jetzt auch in Graal-Müritz angekommen. Ich kann mir allerdings niemanden aus unserem Ort vorstellen, der sich an solchen Machenschaften beteiligt, ihr?", wendet sie sich an ihre Kollegen.

„Anfänger sind das jedenfalls nicht", urteilt ein weiterer Polizist, der von Marco auf den Plan an der Wand aufmerksam gemacht worden ist. „Offenbar perfekt organisiert", sagt er widerwillig, als sei selbst dieses Lob zu viel des Guten.

Während sich drei Beamte von Julia und Marco die Ereignisse schildern lassen, helfen alle anderen Dr. Berghoff beim zügigen Abtransport der Welpen in zwei der drei Einsatzfahrzeuge der Polizei. Weil der Tierarzt die Zufuhr der Nährlösung nicht unterbrechen möchte, bitte er jeweils eine Person, sich um einen Hund zu kümmern und die Infusionsflasche in die Höhe zu halten.

An seinem Jeep angekommen, den er wie Marco verdeckt zwischen den Tannen geparkt hat, steigt er aus dem Polizeiwagen aus und fährt den Beamten mit seinem eigenen Auto voraus in die Tierarztpraxis.

Vernehmung im
Kriminalkommissariat Rostock

„Bitte kommen Sie morgen um 15.00 Uhr zur Zeugenaussage und Aufnahme des Protokolls in das Kriminalkommissariat in Rostock", sagt einer der Polizisten abschließend zu Dr. Berghoff, nachdem die Helfer die Welpen in den Behandlungsraum gebracht haben. Und so betreten am nächsten Tag Julia, Marco, Alex, Jill und Sina pünktlich das Kriminalkommissariat. Der Tierarzt ist schon da und bekommt gerade von einem jungen Polizisten einen Kaffee vorgesetzt.

„Nachdem Sie mit den kranken Welpen vom Einsatzort fortgefahren sind, haben wir geschaut, ob wir im Haus jemanden antreffen. Auf unser Klingeln hat niemand geöffnet", beginnt der Polizeiobermeister Bernd Hoffinger seinen Bericht. Er arbeitet im Kriminalkommissariat in Rostock und wurde gestern Nacht von den Kollegen in der Polizeistation in Graal-Müritz um Unterstützung gebeten. Er war einer der Beamten, die nach Julias Anruf, der um 22.49 Uhr in der Polizeizentrale einging, sofort zum Einsatz aufbrachen.

„Wir haben unsere Kollegen aus der Nachtschicht gebeten, nachzuforschen, wem das Haus gehört oder wer es gemietet hat", fährt Bernd Hoffinger fort. Als Pächterin gab ihm seine Dienststelle eine Dr. Katharina Zietke-Friedrichs durch, die in Ribnitz- Dammgarten mit erstem Wohnsitz gemeldet sei. Sie ist mit einem Uwe Friedrichs verheiratet, Sohn der in Konkurs gegangenen Lackiererei.

Jill horcht auf.

„Wusstest du das?", fragt Polizeihauptmeister Nils Rethmeyer erstaunt, der seinem älteren Vorgesetzten gegenübersitzt.

„Meine Oma kennt die Familie von früher", erwidert Jill. „Aber dass der Sohn mit einer Frau Zietke verheiratet ist und sie das alte Haus im Wald gepachtet hat, wusste sie nicht."

Vier Polizisten, so geht der Bericht weiter, fuhren direkt vom Einsatzort im Wald nach Ribnitz-Dammgarten. Eine verschlafene Dr. Zietke öffnete ihnen die Tür und wurde von den Beamten aufgefordert, ihren Mann zu wecken. Die Polizisten konfrontierten sie mit den über hundert im Keller vorgefundenen, zum Teil sehr kranken Welpen. Erst leugneten beide, von den Hundebabys in ihrem Haus und dem damit verbundenen Handel gewusst zu haben, doch nach einigen Antworten, die ihr die Polizisten als falsch widerlegen konnten, brach die Tierärztin schließlich zusammen.

Sie fing an zu schluchzen und wies auf ihren Mann, der sich von dem wirtschaftlichen Ende der Lackiererei nie mehr erholt hatte, wie sie unter Tränen sagte. Erst als sie bei einem Urlaub vor zwei Jahren im polnischen Swinemünde an der Ostsee ein Ehepaar kennenlernten, das ihnen ein lukratives Geschäft vorschlug, hatte Uwe Friedrichs wieder Hoffnung für seine berufliche Zukunft geschöpft.

Frau Pohlenz sei ihre Patentante, gab Katharina Zietke nun immer bereitwilliger Auskunft. Sie wohne in Warnemünde und käme in das alte Haus, wenn Welpen geliefert oder abgeholt würden. Beim Füttern und Saubermachen der Hundeunterkünfte würde sie ihre Patentante unterstützen. Dass sieben Welpen in dem Keller nur deshalb knapp dem Tod entronnen waren, weil sie in letzter Minute tierärztliche Behandlung erhielten, konnte sich Dr. Zietke kaum vorstellen.

„Erzählen Sie uns doch keine Märchen. Sie sind doch selbst Tierärztin!", hatte ein Polizist ihr scharf entgegnet. „Übrigens geht es noch um drei weitere Welpen, die zum Sterben zurückgelassen wurden. Also reden Sie sich nicht heraus. Wir kennen die Fakten."

Ab dieser Vorhaltung hatte Katharina Zietke geschwiegen, ihr Mann hatte die ganze Zeit ohnehin nichts gesagt. Er schien in sich zusammengesunken. Nur einmal schaute er hoch und fragte mit zittriger Stimme: „Und wo sind unsere Welpen? Wir haben die Züchter in Polen bezahlt. Das Geld, das die Welpen im Verkauf erbringen, steht uns zu."

Die 112 Welpen waren zu dem Zeitpunkt der Befragung schon fast in Sicherheit. Anders als die sieben kranken Hunde, die Dr. Berghoff bei sich versorgte, sollten die übrigen 105 Tiere auf drei Tierheime in der Region verteilt werden. Die Polizisten, die in der Nacht noch lange mit Julia und Marco gesprochen hatten, waren solange am Einsatzort geblieben, bis die kontaktierten Tierheime den Abtransport organisiert hatten. In den frühen Morgenstunden war der letzte Welpe verladen worden.

„Gute Reise, meine Kleinen. Jetzt beginnt der hoffentlich bessere Teil eures Lebens", flüsterte Julia, die sich mit Marco angeboten hatte, beim Abtransport der Hunde zu helfen. Ihr Freund legte ihr den Arm um die Schultern.

„Ist doch alles gut gelaufen", sagte er tröstend. „Die Tierheime werden schon aufpassen, dass die Welpen in gute Hände kommen. Mehr können wir im Moment nicht machen, lass uns nach Hause fahren."

Obwohl die Welpen, die auf die Tierheime verteilt worden waren, gesund wirkten, konnte es durchaus sein, dass sie doch einen Krankheitserreger in sich trugen. Darum würden sie erst einmal in die Quarantänestation der Tierheime kommen, in der sie wegen der möglichen Ansteckungsgefahr keinen Kontakt zu anderen Hunden haben durften. Ab der achten Lebenswoche würde man mit der Grundimmunisierung, also der ersten Impfung, beginnen und sie in der zwölften Woche fortsetzen. Die zwölfte Lebenswoche war auch der Zeitpunkt, in der die Hunde gegen Tollwut geimpft werden würden.

„Wenn sich Ihre kleinen Patienten soweit stabilisiert haben, können sie dann ebenfalls zügig in das Rostocker Tierheim gebracht werden", sagt Bernd Hoffingers Kollege gerade zu dem Tierarzt. Dr. Berghoff fängt den entsetzten Blick von Jill auf. Muss sie sich jetzt doch noch von den Hovawartbabys trennen, obwohl sie sich nichts sehnlicher wünscht, als einen der beiden behalten zu dürfen und für sein Geschwisterchen ein ebenso schönes Zuhause zu finden?

„Das dauert mindestens noch eine Woche", wiegelt er schnell ab. „Die Tiere waren schon sehr schwach. Ich möchte nicht riskieren, dass sie einen Rückfall bekommen." Die Polizisten geben sich mit der Erklärung zufrieden.

„Könnten Sie in Erfahrung bringen, ob jemand unseren Pferdehof beobachtet hat?", fragt Julia, ebenfalls in dem Bedürfnis, die Polizisten von der im Raum stehenden Umsiedelung der Welpen ins Tierheim abzulenken.

„Wie kommen Sie darauf?", fragt Polizeihauptmeister Rethmeyer. „Worauf gründet sich Ihr Verdacht? War jemand in den Ställen oder haben Sie einen versuchten Einbruch zu melden?"

Julia erklärt die Zigarettenfunde hinter dem Reitplatz, einer Stelle, an der keine öffentlichen Wege vorbeiführten. „Versehentlich hat da niemand gestanden, auch kein Wanderer."

„Gut möglich, dass Dr. Zietke misstrauisch wurde, nachdem der Berner Sennenhundwelpe bei Ihnen spurlos verschwand", bestätigt Polizeiobermeister Hoffinger Julias Vermutung. „Vielleicht hat die Tierärztin an ihre Kontaktleute weitergegeben, dass Sie möglicherweise Wind von ihren illegalen Geschäften mit den Welpen bekommen hätten und daraufhin den Hund versteckten? Wir werden das Ehepaar dazu noch einmal befragen. Gibt es sonst noch irgendetwas, das für diesen Fall wichtig sein könnte?"

Die Freunde denken nach, schütteln den Kopf. Da fällt Jill die zurückliegende Begegnung am Gartenzaun mit Frau Mertens und ihrem kranken Labradorrüden Linus ein.

„Eine Bekannte von meiner Oma kam vor ein paar Tagen an unserem Garten vorbei, Frau Mertens heißt sie. Sie erzählte uns, dass eine alte Frau am Hafen in Warnemünde ihrer Familie einen Welpen verkauft hätte. Es war ein Labrador, der bei ihnen zu Hause sehr krank wurde. Er hatte Durchfall und Fieber und musste in der Tierklinik in Rostock behandelt werden. Als Frau Mertens mit Linus bei uns am Gartenzaun stand, sollte er wieder in der Tierklinik behandelt werden. Und die Handynummer, die sie von der alten Frau am Hafen bekommen hatte, stimmte nicht", erinnert sich Jill.

„Interessanter Hinweis", sagt Bernd Hoffinger erfreut. „Ich werde deine Großmutter gleich nach der Adresse von Frau Mertens fragen. Und du", wendet er sich an seinen Kollegen, „rufst bitte nach unserem Gespräch gleich in der Tierklinik an. Vielleicht gibt es weitere Fälle von Welpen, die kurz nach der Ankunft bei ihren neuen Besitzern schwer erkrankt sind und notfallmäßig in der Tierklinik behandelt werden mussten."

„Haben Sie sich in dem Keller eigentlich den Wandplan noch einmal angeschaut?", fragt Dr. Berghoff die Polizisten. „Selbstverständlich", nickt Nils Rethmeyer. „Die detaillierte Aufstellung ist für uns eine wahre Goldgrube. Wir haben die Namen und Adressen der Hundezuchtstätten in Polen, die Namen der Fahrer und der Kontaktpersonen in Deutschland, für die die Tiere bestimmt waren."

Neben der aktuellen Lieferung der 115 Welpen wurden seit 1. Juni sechs Mal Hundebabys in das alte Haus gebracht. Für August waren drei weitere Lieferungen geplant. Im Schnitt wurden bei jeder Tour rund 100 Welpen gebracht. Insgesamt bezog man Welpen aus elf Hundezuchtstätten in Polen.

Die Polizei hatte in dem Schuppen, in dem Marco in der Dunkelheit nur die Gartengeräte aufgefallen waren, in einem Regal Stapel von Impfpässen gefunden.

„Die Bande setzt da einfach nur einen Hundenamen ein und schon reist Welpe X mit einem – von Frau Dr. Zietke ausgestellten – Impfausweis durch die EU, der ihm alle vorgeschriebenen Impfungen bescheinigt, ohne dass er sie wirklich bekommen hat", stellt der Tierarzt grimmig fest. Und wieder ist Marco erschüttert, wie perfekt das Geschäft mit den Welpen organisiert ist, um höchstmögliche Gewinnspannen zu erzielen.

„Dieses miese Geschäft funktioniert nur, weil die Leute zwar Rassehunde haben möchten, aber nicht bereit sind, die höheren Preise aus einer seriösen, anerkannten Hundezucht in Deutschland zu bezahlen", sagt er.

Der Tierarzt wiegelt ab. „Das stimmt auch nur bedingt", sagt Christian Berghoff. „Die Mitgliedschaft in einem Rassezuchtverband schließt leider nicht zwangsläufig aus, dass sich die Züchter nicht korrumpieren ließen."

„Was heißt ´korrumpieren´?", fragt Sina interessiert.

„Dass sie bestechlich sind, sich vom Reiz des Geldes verführen lassen, etwas Illegales zu tun", erklärt Dr. Berghoff. „Stell dir eine kleine Labradorzucht vor. Die Hündin soll acht Welpen kriegen, doch drei Hunde sterben bei der Geburt. Der Züchter hat den Wurf aber schon vor dem Wurftermin verkauft, das passiert oft bei prämierten Zuchthunden. Nun fehlen ihm drei Welpen. Was kann er tun? Er enttäuscht die Leute, die ganz fest mit dem Welpen gerechnet haben und erklärt ihnen, dass die Welpen gestorben sind. Oder er enttäuscht sie nicht und liefert Ersatz. Und wenn er diesen Ersatz auch noch billig ersteht, dann macht er einen größeren Gewinn als mit dem Verkauf seiner eigenen Welpen."

Nils Rethmeyer schüttelt skeptisch den Kopf: „Das ist aber höchst riskant. Stellen Sie sich vor, die untergeschobenen Welpen haben Erbkrankheiten, die laut Stammbaum der Eltern bei deren Vorfahren nicht auftraten?"

„Erfahren die Käufer wirklich, wie gesund und leistungsstark der Opa, die Tante oder die Eltern ihres Welpen waren? Oder zeigt man ihnen nicht eher prächtig aussehende Elterntiere und Auszeichnungen von Wettbewerben?", zweifelt der Tierarzt. Er bleibt bei seiner Meinung, ohne sie jetzt weiter äußern zu wollen, dass die Züchtung von Hunden in eine völlig falsche Richtung geht. Wenn er nur an die schwer atmenden Möpse denkt, die durch ihre zu kurz gezüchteten Nasen kaum noch Luft bekommen oder ihre kugelrunden Augen, die stark so stark hervortreten, dass sie …

Ein Klopfen an der Tür reißt ihn in aus seiner unschönen Vorstellung.

Sina lernt Jills Familie kennen

„Das Ehepaar Gallinat ist da", meldet eine junge Polizistin. Während Jills Großmutter die erbetenen Angaben zu Frau Mertens macht, begleitet Nils Rethmeyer die Besucher zur Tür. Jetzt verabschieden sich auch der Tierarzt und der Pferdepfleger.

"Du warst großartig", bekräftigt Dr. Berghoff und legt Jill die Hand auf die Schulter. „Ohne dieses mutige Mädchen wäre der illegale Welpenhandel in unserem kleinen Ort noch ewig so weiter gegangen." Er spürt genau, dass Jills Großvater damit hadert, nicht vor der nächtlichen Rettungsaktion um Zustimmung gebeten worden zu sein.

„Wir finden es natürlich auch sehr gut, dass die Welpen befreit wurden und damit den kriminellen Geschäften ein Riegel vorgeschoben wurde", stimmt er zu. „Aber ihr alle", jetzt schließt er Julia und Marco ausdrücklich mit ein, „hättet vorher mit uns reden müssen! Es ist nicht selbstverständlich, dass meine zwölfjährige Enkelin um Mitternacht durch den Wald schleicht und bei Unbekannten einbricht. Stellt euch vor, die Bande hätte euch erwischt und da wären gewaltbereite Personen darunter gewesen! Unvorstellbar, sich das überhaupt nur auszumalen, was euch hätte passieren können", sagt Ralph Gallinat sehr ernst.

„Genau wegen eurer Befürchtungen habe ich es nicht erzählt. Wir waren zu sechst. Vier Erwachsene, Sina und ich. Dennoch hättet ihr es verboten", ruft Jill verzweifelt aus. „Und trotzdem wären Sina und ich alleine losgefahren...".

„Tatsächlich gegen unseren ausdrücklichen Willen?" Jills Großvater schaut eher überrascht als böse. Plötzlich breitet er seine Arme aus.

„Meine kleine Amazone", sagt er zärtlich. „Es ehrt dich und Sina, dass ihr bereit wart, für das Leben der kleinen Hunde so viel zu wagen. Und ihr wärt wirklich alleine in das einsame Haus im Wald gefahren?"

„Klar! Wir hätten das schon zu zweit durchgezogen", trumpft Sina auf. „Außerdem kann einem heute mit einem aufgeladenen Handy gar nichts mehr passieren. Man kann sofort Hilfe holen."

„Und wenn diese Hilfe dann nicht kommt, weil die Angerufenen nicht nachvollziehen können, wo du bist? Die Ortung in einem Waldgebiet ist schwer. Oder dein Handy gerade keinen Empfang hat, weil du in einem Funkloch steckst?", mischt sich Jills Oma streng ein, die gerade aus dem Polizeigebäude tritt. „Ein Handy ist nützlich, aber kein Freifahrtschein für Leichtsinnigkeit."

Ihr Mann schaut sie schmunzelnd an. „Sophie, dieser gestrenge Satz passt so gar nicht zu dir", sagt er und um einer weiteren Diskussion vorzubeugen, fragt er schnell: „Wer hat Lust auf eine selbstgemachte Pizza? Ihr seid alle herzlich eingeladen. Lucas hat vorhin eingekauft. War übrigens ein schwieriges Unterfangen, ihn dazu zu bringen."

Jill lacht. Typisch Lucas. Zuhause in Potsdam drückt er sich vor jedem Einkauf.

„Wie habt ihr das denn hingekriegt?", fragt sie und umarmt ihre Oma stürmisch. Sie ist so glücklich, dass ihre Großeltern ihr nichts nachtragen. In anderen Familien wäre eine nicht eingeholte Erlaubnis ein Drama, überlegt sie.

„Ihr seid die beste Oma und der beste Opa der Welt", versucht sie ihre plötzliche Gefühlsaufwallung in Worte zu fassen.

„Weil wir es geschafft haben, deinen Bruder in den Supermarkt zu schicken?", witzelt Opa. „Na, dann machst du es uns aber leicht, auf diesen Ehrenplatz gekommen zu sein." Alle lachen.

Sina steht bei dem liebevollen Geplänkel ein wenig abseits, traurig, wie es Jill scheint. Ihr fällt ein, dass Sina ihr gestern etwas von ihren Großeltern erzählt hatte. Die beiden Mädchen hatten unter der alten Kastanie gesessen, Louis und Tabby neben sich. Sie hatten die Zeit bis zu ihrem aufregenden Abenteuer damit verbracht, sich von ihrer Familie, ihren Freunden, der Schule und dem Potsdamer Reitverein zu erzählen. Sina hatte Jill geschildert, wie distanziert die Eltern ihrer Mutter waren. Sie fühlte sich bei ihnen immer etwas unwohl. Und die Eltern ihres Vaters lebten beide nicht mehr.

Arme Sina, hatte Jill gedacht. Ein Leben ohne ihre Großeltern konnte sie sich gar nicht vorstellen. Wobei ihr die Oma und der Opa aus Graal-Müritz auch näher waren, als die Berliner Großeltern. Die edle Altbauwohnung in Charlottenburg der Eltern ihrer Mutter war voller alter Bücher und düsterer Gemälde. Außerdem sammelte die Berliner Oma Porzellan und hatte bei jedem Familienbesuch Angst, dass ihre Enkel an die kostbaren Vitrinen stießen.

„Schläfst du heute bei uns?", fragt Jill ihre Freundin, während ihr das Gespräch von gestern durch den Kopf geht. „Meine Oma und mein Opa haben ein richtig cooles Haus. Zwar alt, aber ganz besonders."

Sina ist denn auch total begeistert, als sie das auffällige Haus sieht. „Wunderschön", schwärmt sie. „Jede Farbe ist wie eine Botschaft: Die verschiedenen Blautöne sind wie das Meer, und das Grün kommt aus der Natur. Im Gelb-Orange liegt die Kraft der Sonne."

Sophie Gallinat dreht sich erstaunt zu Sina um. „Schön, wie du das beschrieben hast. Manche Menschen können nichts mit den Farben anfangen, die das Haus…"

„… liebkosen", unterbricht sie ihr Mann. „Ja, das tun diese Farben wirklich. Sie schmeicheln dem alten Haus, sie lassen es lebendig werden, sie erzählen eine Geschichte."

Jill nickt, genau so empfindet sie das auch. Farben, die das Haus liebkosen. „Opa, das klingt wundervoll", schwärmt sie.

Jills Bruder öffnet ihnen die Tür. Er ist dunkelbraun gebrannt, hat wilde, von der Sonne ausgebleichte Locken und trägt eine kurze Jeans.

„Hi, ich bin Lucas", sagt er gut gelaunt und lacht Sina an. „Eben hat hier eine Frau vom Norddeutschen Rundfunk angerufen", berichtet er gleich. „Sie wollte mit Jill sprechen. Ich habe ihre Handynummer aufgeschrieben. Du sollst sie unbedingt noch heute zurückrufen."

Fernsehstar Jill

Hanna Rövers, TV-Journalistin, arbeitet für den NDR, hat ihr Bruder notiert. Was kann sie von mir wollen? fragt sich Jill, während sie etwas verunsichert die angegebene Nummer wählt.

„Ihr glaubt nicht, was morgen passiert!" Sie betritt, noch aufgewühlt vom Telefonat, die Küche, in der die Pizzavorbereitungen auf Hochtouren laufen. Sina und Lucas sind mit dem Teig beschäftigt, Jills Großmutter wäscht das Gemüse unter fließendem Wasser, und Ralph Gallinat stellt gerade einen Krug mit selbstgemachter Zitronenlimonade, garniert mit drei Blättern Zitronenmelisse, auf den Tisch.

„Der NDR dreht einen Beitrag über den Welpenhandel in Graal-Müritz. Ich werde interviewt und soll mit dem TV-Team morgen zu dem Waldhaus fahren. Sie wollen alles nachdrehen, wie ich mich mit den beiden Hunden unter dem Busch vor den Männern versteckt habe und wo genau der Eingang zum Keller liegt. Und dann brauchen sie die Fotos, die wir unten im Keller gemacht haben."

„Wahnsinn, wie hat denn das Fernsehen so schnell von der Geschichte erfahren?", fragt Sina.

„Von den Tierheimen könnte ich mir vorstellen", vermutet Jills Opa. "Wenn die Polizei keine Nachrichtensperre verhängt hat, werden sich die Tierheime schon aus Eigeninteresse an die Medien gewandt haben."

„Wieso aus Eigeninteresse?", fragt Lucas nach.

„Weil sie bei allen Beschlagnahmungen durch die Polizei oder das Veterinäramt auf einem Teil der Kosten für die Tierbetreuung sitzen bleiben und darum dringend auf Spenden von Tierfreunden angewiesen sind", antwortet Ralph Gallinat. „Außerdem steht in jeder Tierheim-Satzung, dass zur

Tierschutzarbeit auch die Aufklärung der Bevölkerung gehört. Sie wollen den Menschen Tierschutzprobleme nahebringen, in diesem Fall also vor Hundeverkäufen über das Internet warnen."

„Nein, es war anders", schaltet sich seine Frau ein. „Die Polizei wollte eine Nachricht an die Medien herausgeben und hatte mich vorhin gefragt, ob sie unsere Kontaktdaten weitergeben dürfte. Ich habe zugestimmt, auch, dass Jill als Hauptbeteiligte in dieser Geschichte von der Presse befragt werden darf."

Opa nickt und wirft einen schmunzelnden Blick auf seine Enkeltochter, die mit ihren Gedanken offensichtlich ganz woanders ist. Sie nimmt einen Teller hoch, stellt ihn wieder ab, holt sich ein Wasserglas und lässt es auf der Fensterbank stehen und hält gerade die Hände zur Faust geschlossen, spreizt den kleinen Finger, als wenn Zügel durchlaufen, die sie, auf dem Pferderücken sitzend, hält.

„Jill, mein Schatz, alles klar bei dir?", fragt Opa und kann sein Lachen kaum unterdrücken.

„Ja, alles super. Wir werden morgen in der Tierarztpraxis filmen und ich soll mit den Hovawartwelpen spielen, während Frau Rövers mir Fragen stellt. Mit Sina wollen sie auch sprechen", antwortet Jill wie aus der Pistole geschossen.

Sie ist aufgeregt und erwartungsvoll zugleich. Wie läuft so ein Dreh, wie ihn die Journalistin bezeichnet hatte, ab? Kann sie sagen, was sie möchte oder dürfen ihre Antworten nur eine bestimmte Länge haben? Wie kann sie alles, was sie zu sagen hat, so zusammenfassen, dass es für die Zuhörer verständlich ist? Und wenn sie sich verspricht oder die Frage nicht beantworten kann?

„Die Salami kann jetzt aber echt nichts dafür, dass du morgen interviewt wirst", sagt Lucas lachend und nimmt seiner Schwester das Messer aus der Hand. „Ich hatte dich nur um einige Scheiben für den Belag gebeten, nicht um solch eine Dröhnung."

Der Fernsehbeitrag mit Jill ist noch den ganzen Abend das Gesprächsthema im Seesternweg 7. Damit die Mädchen morgen so locker wie möglich auf die Fragen der Journalistin antworten können, hat Sina gebeten, die Situation im Voraus schon einmal durchzuspielen. Oma und Opa stellen Fragen an die Mädchen, die sie möglichst knapp, informativ und ohne Versprecher beantworten müssen. Lucas hält derweil seine Kamera auf Jill und Sina gerichtet, um alles so realistisch wie möglich aussehen zu lassen.

Sinas blonde Haare bilden einen starken Kontrast zu ihrer braunen Haut. Sie gefällt ihm ziemlich gut, stellt er überrascht fest. Dabei ist Sina auch erst zwölf wie seine Schwester, wirkt auf ihn aber älter. Lucas schüttelt den Gedanken ab. Er ist doch in Leonie verliebt, und wenn sie ihm jetzt noch auf seine vor Tagen ausgesprochene Einladung nach Graal-Müritz antwortet, dann ist alles gut.

Punkt 8.30 Uhr klingelt Hanna Rövers am nächsten Morgen an der Tür. „Ihr buntes Haus fällt auf", sagt sie lachend, doch Sophie Gallinat nickt nur. Heute geht es nicht um sie als Künstlerin, sondern um ihre Enkelin und ihr unglaubliches Abenteuer.

Die TV-Journalistin ist ca. Mitte Dreißig und ziemlich locker, finden die Mädchen. Sie witzelt mit den Großeltern, ihren Kameraleuten und schafft es, dass Jills Anspannung schnell verfliegt. Sina hingegen ist komplett entspannt und fragt die Kameramänner in den Drehpausen aus, welche Voraussetzungen erforderlich sind, um beim Fernsehen arbeiten zu können.

Die Journalistin erzählt Jill und Sina, dass sie bereits seit längerem über das mafiöse Geschäft mit Welpen recherchiert und nur auf ein aktuelles Ereignis gewartet hat. Diesen

Aufhänger, wie die Journalisten dazu sagen, hat Jill ihr nun geliefert.

Am selben Abend gibt es in den Regionalnachrichten eine kurze Meldung zu der in Graal-Müritz aufgeflogenen Welpenbande. Der umfangreiche Beitrag soll einen Tag später um 20.15 Uhr ausgestrahlt werden.

Jills Großeltern haben für diesen Abend Freunde und Nachbarn eingeladen, die Dokumentation bei ihnen im Garten anzuschauen. Opa hat den großen Fernseher in die Verandatür zum Wohnzimmer geschoben und im Garten lange Bank- und Tischreihen aufgebaut. So kann jeder Gast von seinem Platz gut auf den Bildschirm schauen.

Dr. Berghoff ist mit seiner Familie, seiner Frau und seinen beiden Töchtern, gekommen, ebenso Sina mit Julia und Marco. Alex ist bei seiner Frau Jane und seinem kleinen Sohn geblieben. Louis und Tabby, die eine so entscheidende Rolle bei der ganzen Geschichte gespielt haben, werden von den Gästen begeistert begrüßt. Während Louis sich eng an Marco hält, der sehr personenbezogene Collie lässt sich nicht so gerne von Fremden streicheln, ist die kleine Berner Sennenhündin außer sich vor Freude. Sie lässt sich knuddeln, zum Spielen auffordern und demonstriert mit Vergnügen, wie spitz ihre Milchzähne sind.

Der ehemalige Hauptkommissar Holger Behrend ist auf den TV-Beitrag sehr gespannt. Durch die Ereignisse der letzten Tage wurde sein ursprünglicher Plan, die Fahrer bei der Übergabe der Welpen an Frau Pohlenz zu verhaften, hinfällig. Was ihm ein wenig Leid tut, denn noch einmal einen großen Polizeieinsatz mitzuerleben, hätte ihm gut gefallen. Es ist zwar nicht so, dass er sich im Pensionsalter langweilt, aber Kriminellen das Handwerk legen zu können, war für ihn immer mehr eine Berufung als ein bloßer Beruf.

20.15 Uhr. Es geht los. Eine Sondersendung aus aktuellem Anlass kündigt die Nachrichtensprecherin an: „Der weltweite, kriminelle Welpenhandel hat nun auch Graal-Müritz erreicht. Dass der professionell organisierte Hundehändlerring auffliegen konnte, ist einer Jugendlichen aus Potsdam zu verdanken." Eine Dokumentation von Hanna Rövers.

Untersuchungshaft
für Frau Pohlenz

Die erste Einstellung zeigt Jill mit der blonden Hovawarthündin in Großaufnahme.

„Bitte erzähle doch mal, warum diese süße Hündin nicht
gesund ist und beim Tierarzt behandelt werden muss", beginnt die Journalistin ihren Beitrag.

Jill berichtet, wie ihr vor drei Tagen der Wagen mit den
Welpen an der Rostocker Straße aufgefallen ist, sie ihn mit
dem Fahrrad durch den Wald verfolgte und sie dann die
blonde Hündin und ihren Bruder hochnahm, um sie vor den
Männern zu schützen, die die Welpen einfach auf der Erde
abgelegt hatten.

Wie ihr Bruder ihr half, über den hohen Zaun des Grund-
stücks zu klettern, auf dem sie so plötzlich eingesperrt war,
und wie sie beide die kleinen Hunde gerade noch rechtzeitig
in die Tierarztpraxis von Dr. Berghoff bringen konnten.

Hier schaltet sich die Journalistin wieder ein und gibt einen
Überblick über die Strukturen der inzwischen weltweit agie-
renden Hundehändler.

„Tierschützer sprechen von Hundevermehrern", beschreibt sie das mitleidslose, hoch lukrative Geschäft. Die
Hündinnen würden als Gebärmaschinen missbraucht, in Kel-
lern, Schuppen und Zwingern gehalten, um Welpen wie am
Fließband zu produzieren. Die Hündinnen kämen nicht aus
ihren Gefängnissen heraus, ständen in ihren eigenen Aus-
scheidungen und würden kaum das fünfte Lebensjahr erreichen. Diese Vermehrungsstationen in Osteuropa würden
meistens von Menschen betrieben, denen es wirtschaftlich
schlecht gänge.

Hanna Rövers informiert nun ihre Zuschauer, was sich aktuell in Graal-Müritz abgespielt hat und dass ein altes Haus in der Rostocker Heide zum heimlichen Umschlagplatz für Welpen aus polnischen Hundezuchtstätten wurde.

Nun kommt Polizeiobermeister Bernd Hoffinger ins Bild. Er legt dar, wie nachts ein Anruf in der Polizeistation Graal-Müritz einging und die Kollegen ihn im Kriminalkommissariat Rostock informiert hätten. Man sei mit drei Streifenwagen zu dem Waldhaus gefahren und habe dort 112 Welpen vorgefunden. Jetzt werden Sinas Fotos aus dem Keller eingeblendet.

Als die Gäste im Garten die Bilder von den kranken Welpen sehen, die geschwächt auf der Seite liegen und die Augen geschlossen haben, stöhnen einige auf.

Nun lässt die Journalistin Dr. Berghoff erklären, was die frühe Trennung von der Mutterhündin und den Wurfgeschwistern mit den Welpen macht. „Die meisten Hunde bleiben auch später bei ihren Besitzern verhaltensauffällig, weil sie kein Sozialverhalten lernen konnten", macht der Tierarzt die Brisanz deutlich. Weiter führt er aus, warum die oft mit vier bis fünf Wochen alten, viel zu früh von den Müttern fortgenommenen Welpen keine Widerstandskräfte entwickeln können.

„Für die Käufer kommt die schwere Erkrankung ihres kleinen Welpen dann völlig überraschend", nimmt Hanna Rövers den Faden auf und leitet so zur Familie Mertens mit ihrem Labrador Linus über. Die Kinder knien neben dem immer noch nicht gesund wirkenden jungen Rüden. Ihre Mutter sagt: "Linus musste immer wieder in der Tierklinik behandelt werden. Die Kinder sind ganz unglücklich, dass ihr Hund so leiden muss."

Die Kamera zeigt nun die Front der Tierklinik Rostock und die Journalistin informiert die Zuschauer, dass es ihr gelungen sei, mit weiteren geschädigten Welpenkäufern Kontakt aufzunehmen. Sie alle hätten Hundebabys im weiteren Umkreis von Rostock gekauft, auf die sie im Internet aufmerksam geworden seien. ‚Reinrassige Welpen' aus eigener Zucht, hätte in den Anzeigen gestanden, die Fotos hätten ganz junge, zauberhaft anzuschauende Hundebabys gezeigt. Angegeben waren nie die Festnetznummern oder Adressen der angeblichen Züchter, sondern ausschließlich Handynummern.

Gemeldet hätten sich eine Frau Pohlenz, eine Dr. Zietke oder ein Herr Friedrichs. Treffpunkt sei grundsätzlich ein Parkplatz im Wald gewesen, weil angeblich die Ehefrau oder der Ehemann erkrankt waren oder die Handwerker im Haus die Mutterhündin so nervös gemacht hatten, dass kein Besuch vor Ort möglich war.

An diesem Punkt schaltet sich noch einmal Bernd Hoffinger ein. Der Polizeiobermeister gibt den aktuellen Sachstand der Ermittlungen wieder. Das Ehepaar Zietke-Friedrichs und deren Patentante Frau Pohlenz säßen in Untersuchungshaft.

„Hier geht es nicht mehr nur um Tierschutzverstöße und Betrug", erklärt er, „sondern um organisierte Bandenkriminalität."

Die Polizei hätte durch die Aufzeichnungen im Keller Einblick in die Handels- und Verkaufswege bekommen und alle Namen der Beteiligten vorgefunden. „Damit ist der Ring der Welpenmafia aufgeflogen", sagt er hochzufrieden.

Dass die alte Frau Pohlenz bei ihrer Verhaftung mit einem Besen auf die Polizisten losgehen wollte, verschweigt er ebenso wie ihre Beteuerung, von allem nichts gewusst zu haben. Sie liebe Hunde und würde jedem Tier in Not helfen, sagte sie theatralisch, doch seine Kollegen hatten ihr vor Augen geführt, wie sehr die Tatsachen gegen sie sprächen.

„Wir haben Zeugen, die den Ablauf der letzten Welpenlieferung in das alte Waldhaus bestätigen und Ihre Gespräche mitgehört haben", hielt ihr einer der Beamten vor.

„Unmöglich, Ihr Lügner", schrie sie und dann: „Nichts hört Ihr mehr von mir. Verdreht einem ja die Worte im Mund."

Nun geht die Kamera in Großaufnahme auf Sinas Fotos der kranken Welpen im Keller, die jetzt von Dr. Berghoff versorgt werden. Jill wird gezeigt, wie sie eine Infusionsflasche für eine Französische Bulldogge in die Luft hält. „Diese Fotos hat Sina Sander aus Krampnitz gemacht", sagt die Journalistin. „Das war wirklich Rettung in letzter Minute", kommentiert sie die Bilder.

Sie wendet sich nun direkt an Sina, die erst im schnellen Galopp auf Elfenkönig gezeigt wird und dann in Großaufnahme. „Ich habe gehört, dass ihr Mädchen euch überlegt hattet, auch alleine in den Wald zu fahren, um die Welpen zu retten? Hättest du denn gar keine Angst gehabt?"

„Nein! Ich möchte mir nie vorwerfen, dass ich jemandem hätte helfen können und es nicht getan habe", sagt Sina selbstbewusst.

Die Journalistin wirkt überrascht. „Das ist eine sehr gute, sehr mutige und bewundernswerte Einstellung", sagt sie anerkennend.

Zum Abschluss kommt noch einmal Jill mit den beiden Hovawartwelpen in der Tierarztpraxis ins Bild.

„Alle Welpen, die wir gerettet haben, sollen ein tolles Zuhause bei ganz netten Familien finden", sagt sie und streicht den beiden Welpen zärtlich über den Rücken.

„Und was wünscht du dir ganz persönlich?"

Ein Traum geht in Erfüllung

„Dass Mama und Papa mir erlauben, einen der beiden Hunde behalten zu dürfen. Das ist mein Herzenswunsch, aber nicht erst seit dieser Geschichte, sondern schon seit ewig", sagt Jill so sehnsüchtig, dass ihrem Opa die Augen feucht werden. Meine Kleine, den Wunsch würde ich dir so gerne erfüllen, denkt er und legt seiner Frau gerührt den Arm um die Schultern.

Ohne dass Jill oder Lucas es bemerkt haben, sind ihre Eltern in den schon im Abendlicht liegenden Garten getreten. Sie haben sich leise dazu gesetzt, um die anderen Gäste während des Fernsehberichts nicht zu stören.

Als ihre Tochter nun aber ihre eindringliche Bitte im Fernsehen äußert, steht Sandra Gallinat auf und umarmt Jill.

„Mein Schatz. Wir haben eine wunderbare Nachricht für dich: Du darfst einen der beiden Hovawarte behalten."

Jill fällt ihrer Mutter mit einem Freudenschrei um den Hals. Die Gäste im Garten fangen an zu klatschen, so sehr freut sie der glückliche Ausgang der Geschichte.

Jills Mutter setzt sich neben ihre Tochter und legt ihr einen Arm um die Schultern. „Papa und ich sind gerade eben aus Potsdam gekommen; wir wollten dich und Lucas überraschen. Und wir wollten euch sagen, dass wir ein Haus in Krampnitz gefunden haben. Es hat einen großen Garten und genug Platz für Büroräume. So können Papa und ich, zumindest zeitweise, auch von zu Hause arbeiten, so dass immer jemand für unser neues Familienmitglied auf vier Pfoten da sein kann."

Jill ist sprachlos. Sie kann ihr Glück kaum fassen.

„Dann wohnt ihr bald in unserer Nähe", jubelt Sina und malt sich aus, wie schön es wird, dass sie dann ihre neue

Freundin und die kleine, blonde Hündin jeden Tag sehen kann.

Julia bahnt sich einen Weg durch die Gäste auf die Mädchen zu.

„Ich kann euch auch noch etwas Schönes mitteilen", freut sie sich, die gute Nachricht weiterzugeben. „Dr. Berghoffs Familie würde gerne den schwarz-braunen Hovawartrüden, also den Bruder von der kleinen Blonden, behalten. Und Marco und ich haben besprochen, dass wir den dritten Hovawartwelpen aufnehmen werden, den Louis im Wald entdeckt hat. Louis hatte ja auch Tabby gefunden, die sich auf unserem Hof vor Frau Zietke versteckt hatte. So hat sich also Louis entschieden, wer zu uns kommen soll, das passt doch richtig gut, finden wir."

Und so wird Jill am Ende dieser aufregenden Ferien mit ihrem blonden Hovawartmädchen nach Hause zurückkehren.

Manchmal, denkt Jill, ist das Leben echt großartig!

Nachwort

Warum sich Jill in ihrem ersten, spannenden Abenteuer mit der Welpenhändlermafia auseinandersetzen muss, hat diesen realen Hintergrund:

Der illegale Welpenhandel boomt seit der Corona-Pandemie wie nie zuvor. Wie der Tierarzt Dr. Berghoff aus dem Buch in der TV-Dokumentation gesehen hat, werden unzählige Welpen unter schrecklichen Bedingungen in Massenanlagen in Osteuropa gezüchtet. Sie werden ihren Müttern früh fortgenommen und über das Internet weltweit an Kunden verkauft. Wenn Zufallskontrollen der Polizei einen Welpentransport an den Grenzen nach Deutschland stoppen, finden die Beamten durstige, hungrige und oft auch sehr kranke Hundebabys.

Bislang hat es jede Bundesregierung versäumt, den Welpenhandel zu verbieten. Um den Händlern die Möglichkeit zu nehmen, ihre Welpen anzubieten, muss der Tierverkauf über das Internet sehr stark eingeschränkt werden. Augenblicklich darf jede Person Tiere im Internet anbieten, ohne sich selbst registrieren zu müssen.

Tierschutzorganisationen wie der Bundesverband Tierschutz schlagen vor, den illegalen Welpenhandel mit folgenden Maßnahmen zu bekämpfen:

- Jede Person, die im Internet ein Tier verkaufen möchte, muss verpflichtet sein, sich zu registrieren. So kann nachverfolgt werden, wo und von wem das Tier gezüchtet wurde und wer es weiterverkauft hat
- Hunde, die im Internet angeboten werden, müssen gechipt und registriert werden. Wenn all diese Daten

vorliegen, können Hunde immer ihren Züchtern und Besitzern zugeordnet werden

- An den Grenzen müssen die Kontrollen verschärft werden, um viel mehr Welpentransporte auffliegen lassen zu können
- Die Strafen für Welpenhändler, die gegen das Tierschutzgesetz verstoßen, müssen massiv erhöht werden. Wenn Hunde beschlagnahmt werden, weil die Händler keine Pässe für die Tiere dabei hatten oder die Ausweise gefälscht sind, die Hunde krank oder zu jung waren, muss die Strafe so hoch ausfallen, dass sich der Welpenhandel grundsätzlich nicht mehr lohnt
- Der Verkauf von lebenden Tieren im Internet sollte generell verboten werden.

Alle Infos zum Thema gibt es auf der Webseite

www.gegen-illegalen-welpenhandel.de

Hier haben wir alle Hintergründe zusammengefasst und zeigen auf, wie man Anzeigen von kriminellen Hundehändlern erkennt und was man dagegen unternehmen kann.

Die Autorin

Claudia Lotz, 1964 in Verden (Niedersachsen) geboren, studierte Germanistik und Soziologie.

Sie arbeitete als Redakteurin in Werbeagenturen und später für große Tierschutzverbände. Seit 2016 ist Claudia Lotz für den Bundesverband Tierschutz e.V. in Berlin tätig.

Ihre Hündin Kaya ist eine Hovawarthündin und macht hier gerade Urlaub am Strand von Graal-Müritz.

Jill und die Welpenmafia ist ihr erstes Buch und der Auftakt für die Serie „Die Tierretterinnen".

Die Illustratorin

Ronja Sievers, 2001 in Rotenburg (Niedersachsen) geboren, studiert 3D Animation und VFX am SAE Institute in Hamburg.

Sie hat schon als Kind ihre Liebe zum Zeichnen entdeckt. Ihre Illustrationen erzählen eigene Geschichten, mit denen sie die Menschen berührt.